Hermann Oelschläger

Wunderliche Leute

Dritter Band: Dora

Hermann Oelschläger

Wunderliche Leute
Dritter Band: Dora

ISBN/EAN: 9783743651692

Hergestellt in Europa, USA, Kanada, Australien, Japan

Cover: Foto ©Andreas Hilbeck / pixelio.de

Weitere Bücher finden Sie auf **www.hansebooks.com**

Wunderliche Leute.

Roman

von

Hermann Oelschläger.

Dritter Band.

Leipzig,
Ernst Julius Günther.
1869.

Dritter Band.

Dora.

Erstes Kapitel.

Frater Heinrich hatte seine Erzählung geendet, die Dora mit stets sich steigernder Theilnahme angehört hatte. Ein tiefer Zug des Mitleidens für den jungen Novizen wehte durch ihr Herz, und sie beklagte den armen Mönch, welcher dem Vorurtheile einer Schau=spielerin, wie sie es nannte, und dem frommen Glauben einer Mutter zum Opfer gefallen war.

Sie hatte seine Erzählung mit häufigen Fragen und mit mancherlei Rufen der Verwunderung oder des Abscheus, besonders wenn von Breitsam die Rede ge=wesen war, unterbrochen. Nun wagte sie nicht das Schweigen zu stören, in welches Frater Heinrich ver=sunken war, und begnügte sich, mit ihren Blicken an dem schönen, vom Eifer der Rede leicht geröteten

1*

Antlitz des jungen Mannes zu hängen, der, den Arm in das Gras gestützt, finster zu Boden sah.

Was hatte er nicht Alles erduldet! Und doch, wie sehr war er geliebt worden!

Frater Heinrich war der erste, der wieder zu sich kam. Er richtete sich auf und sagte lächelnd:

„Bester Herr, wenn wir nicht hier über Nacht bleiben wollen, ist es Zeit, an den Heimweg zu denken."

„Mein Gott", rief Dora erschrocken aufspringend, „was wird mein Oheim sagen!"

„Nichts Schlimmeres als mein Pater Nikomedes. Doch nun kommen Sie, wir wollen der Unruhe der ehrwürdigen Väter ein Ende machen."

Es war in der That hohe Zeit, daß die Beiden in das Kloster zurückkehrten. Die Sonne war eben im Untergange begriffen und ihre letzten Strahlen trafen nur noch die höchsten Bergspitzen und die am Abendhimmel rosig hinziehenden Wolken. Die Thäler unten hatten sich in dunkle Schatten gehüllt und auf den schwarz hingestreckten Wäldern lag es wie ein Hauch der herniedersteigenden Nacht.

In größter Eile wurde der Weg durch den Wald und den Berg hinab zurückgelegt. Dora achtete nicht der würzigen Luft, die sie rings umwehte, nicht des wunderbaren Friedens, in den die Natur gesenkt war,

mit erhitzten Wangen flog sie dem Frater Heinrich
voraus und kümmerte sich nicht, wenn ein knorriger
Ast, den sie vom Pfade zurückbog, wieder hinter ihr
hereinschnellte und ihres Begleiters Kutte mit gewich=
tigem Schlage traf. Sie hemmte ihren Lauf erst, als
sie vor der Pforte des Klostergartens stand, wo sie,
glühend und athemlos, eben doch wieder auf Frater
Heinrich warten mußte, der ihr gefaßter und mit lang=
samerem Schritte gefolgt war.

Die beiden Flüchtlinge wurden auf der Kegelbahn
mit großem Lärm empfangen. Pater Nikomedes schien
wirklich gelaunt, seinem Zögling die gebührende Straf=
rede nicht zu ersparen, doch trat der Pater Guardian,
an dessen Seite sich Dora's Oheim befand, dazwischen
und bemühte sich selbst, den eigenmächtigen Ausflug
des Novizen im Hinblick auf den Gast, der ihn begleitet,
zu entschuldigen.

Doctor Anselmus war wie gewöhnlich in großer
Aufregung und, was schlimmer noch, er durfte sich
diese Aufregung nicht merken lassen. Jedermann würde
ihm in das Gesicht gelacht haben, wenn er gestanden
hätte, daß er wegen des Ausbleibens seines Neffen in
Besorgniß sei. Wer wird sich ängstigen wollen, wenn
ein junger Student, ohne vorher angefragt zu haben,
in den Wald läuft! Der Spessart birgt keine Wölfe

und keine Bären mehr in seinen Schatten, und wenn etwas Braunes durch das Grün der Bäume schimmert, so kann es nur die Wollkutte eines ehrwürdigen Kapu= ziners sein.

Aus diesem Grunde blieb auch Dora von den Vor= würfen unbehelligt, mit welchen ihr Oheim sie unter vier Augen überschüttet hätte; er begnügte sich mit einigen allgemeinen Redensarten und war zufrieden, als Dora, müde von dem ungewohnten Spaziergange, um die Erlaubniß bat, auf ihr Zimmer gehen zu dürfen.

Bald aber verließ auch er die Kegelbahn; er hatte sich im Laufe des Nachmittags wirklich unendlich ab= gehärmt, und die Gereiztheit, in welcher er sich schon während der letzten Tage, überhaupt seit dem Auf= finden der Schachfiguren befand, war dadurch auf einen fast bedenklichen Grad gestiegen. Er fühlte sich körper= lich über alle Begriffe abgespannt, als er die Stein= stufen hinauf zu seiner Behausung schlich, und wieder führte ihn sein Weg an dem Bilde der Italienerin vorbei. Es hing im Dunkel, und nur am Ende des Corridors, wo die Wand mit einem großen, schwarz angestrichenen Kreuze geschmückt war, leuchtete eine kleine Oellampe, die ihren ungewissen, zitternden Schimmer kaum bis hierher warf.

Er blieb vor dem Bilde stehen, das er lange be=
trachtete. Erst als er sich darauf besann, daß er ja
eigentlich nur in das Dunkel, nur in die Nacht sehe,
ging er, aus seinem Zimmer, das gleichfalls in Finsterniß
lag, den bereitstehenden Leuchter zu holen und vor das
Bild zurückgekehrt Licht zu machen. Wie ein Stern
ging die strahlende Schönheit des welschen Weibes vor
seinen Blicken auf.

„Sibonie!" flüsterte er.

Das war der Name der Italienerin, wie er ihn in
den Urkunden und Chroniken gefunden.

Sein Auge hing verzehrend an den schönen Formen,
deren herrliche Linien der Künstler so fein empfunden
und mit so unnennbarem Geschicke wieder der Leinwand
anvertraut hatte.

„Sibonie!" wiederholte er. „Wer mit dir gelebt
hätte, wer um dich hätte sein dürfen! Um deine
Liebe werben, dir dienen, dich lieben —"

Ein Schauer überlief den Körper des Doctor Ansel=
mus, denn ihm war, als habe ihn eben ein Blitz aus
den großen dunklen Augen der Italienerin getroffen,
als habe ihre Wimper gezuckt.

Er lächelte über sich selbst; es war ja nur ein Bild,
ein gemaltes Bild, vor dem er stand, er mußte sich ge=
täuscht haben. Aber trotzdem wagte er nicht mehr auf=

zublicken, und von Scheu ergriffen, kehrte er nachdenk=
lich in sein Zimmer zurück.

Dort harrte seiner ein seltsamer Anblick.

Denn am Fenster saß seine Nichte Dora, eingeschlafen
und das Haupt auf den rechten Arm gestützt, der auf
dem Fenstersims ruhte. Die Linke hing schlaff herunter.
Sie hatte es nicht gehört, wie ihr Oheim vorhin den
Leuchter geholt hatte; ihr Schlummer war so tief, daß
sie auch jetzt sein Kommen nicht vernahm.

Doctor Anselmus stellte das brennende Licht auf
den Tisch, sein Strahl fiel hell auf Dora und beleuch=
tete scharf deren schönes Profil.

Und wie ihr Oheim hinblickte, überrieselte ihn wie=
der ein Schauer, gerade wie vorhin, da er vor dem
Bilde der Italienerin gestanden. Denn die Schlafende
glich aufs Haar der schönen Sidonie¹ aus dem
Welschland, nur war die Schönheit Dora's jünger,
reiner, mehr noch im Aufknospen begriffen, im Ver=
gleich zu der Formvollendung der Andern. Aber es
war dasselbe volle tiefbraune Haar, derselbe stolze
Schnitt der Nase, derselbe Schwung der Augenbrauen,
derselbe feine Mund.

Doctor Anselmus wurde, er wußte nicht wie. Seit
Jahren hatte er Dora täglich gesehen, und nun erst
sollte er alle die Schönheit erkennen? Er glaubte zu

träumen, aber Alles, was er sah, war Wahrheit, und wie gebannt haftete sein Blick auf der schönen Schlä= ferin, die er wie neu, wie noch nie gesehen vor sich fand.

Endlich raffte er sich zusammen.

„Dora!" rief er leise und wollte seine Nichte wecken.

„Dora!" wiederholte er, aber nur flüsternd, denn er fürchtete sich vor dem Klange seiner eigenen Stimme.

Aber seine Nichte erwachte nicht.

Da nahm er den Leuchter vom Tisch und näherte sich ihr leise auf den Zehen. Voll Bewunderung be= trachtete er sie wieder, wie die röthliche Helle der Kerze über ihr jugendliches Gesicht floß und wie ihr schöner Busen in gleichmäßigem Athemzug gleich einer Welle sich hob und senkte. Er beugte sein blasses Antlitz über sie, da fuhr Dora erschrocken auf, die Nähe des Lichtes hatte sie geblendet.

Schlaftrunken rieb sie sich die Augen, dann sagte sie halb lachend, halb ärgerlich:

„Nein, Onkel, wie magst Du mich so erschrecken!"

„Ich Dich?" stotterte Doctor Anselmus verlegen. „Ich wollte Dich nur wecken, es ist Schlafenszeit."

„Wahrhaftig", rief Dora nun völlig munter, „ich glaube, ich bin hier eingeschlafen, da ich Dich erwarten wollte. Aber was ist Dir? Du siehst mich mit so starren Augen an!"

Doctor Anselmus erröthete, wie wenn er auf einem Diebstahl ertappt worden wäre.

„Mir?" sagte er. „Mir ist gar nichts, Du scheinst noch zu träumen. Geh zu Bette, es ist Schlafenszeit."

„Ja, ich gehe. Gute Nacht, Onkelchen."

Doctor Anselmus schaute lange auf die Thür, durch welche seine Nichte verschwunden war. Sein dunkles Auge nahm jenen melancholischen Ausdruck an, der seine äußerste schmerzerfüllte Unzufriedenheit mit sich, mit der Welt, mit Allem zu bezeichnen pflegte. Er stand lange sinnend, nachdenkend. So wenig er es sich gestehen mochte, durch sein Herz wehten Gefühle eigener Art, Gefühle, die er längst erstorben und begraben glaubte. Ihm war wie dem Walde, dem nach langem, endlos scheinendem Winterschlaf plötzlich eine laue, neuen Lenz und neues Blühen kündende Luft durch die kahlen Zweige weht.

Er trat ans Fenster und blickte in die milde, stern= helle Sommernacht hinaus. Er dachte seiner schönsten, seiner ersten Liebe, jener Tänzerin, die ihm neulich erst im Traume begegnet, da sie allzu leichtfertig vor den Kapuzinern getanzt. Er gedachte jener Tage voll Sturm und Leidenschaft, jener Tage der Jugend voll Kraft und Trotz, voll Muth und Glück, und er sah zu den Sternen, die in ewigem Kreislauf, nach ewigen

Gesetzen immer neue Tage, immer neue Stunden herauf=
führen und keine zurückbringen.

Seufzend wandte er sich zur Arbeit; es galt, auch
die dritte Nacht seinen Forschungen betreffs der Schach=
figuren zu opfern. Doch rückte sein Thun nur lang=
sam vorwärts, denn immer mit neuer Gewalt traten
die Gestalten der Italienerin und Dora's vor seine
Seele und flossen in wundersamer Weise, nicht mehr
von einander zu trennen, zu einem einzigen schönheit=
leuchtenden Bilde zusammen.

Dann kam es wohl, daß er vom Stuhle aufsprang
und mit großen hastigen Schritten im Zimmer auf und
ab ging. Das waren immer die schwersten Stunden
seines Lebens; denn in solchen Stunden gestand er sich,
daß er vielleicht doch nicht den rechten Weg zum Glücke
eingeschlagen habe, als er in einsamem Trotze und
entsagend durch das Leben zu schreiten beschloß; aber
heute, heute zum ersten Male wagte er die Frage, ob
daran nicht doch etwas noch zu ändern, zu retten, zu
gewinnen sei. Ein leichtes Lächeln umspielte seine
Lippen. An was er wohl dachte? Vielleicht blühte
nochmals ein Hoffnungstraum in seiner Seele auf,
nicht wie jener, der einst sonnenheiß und versengend
über seine Tage hingefahren war, sondern mehr dem
Mondlichte zu vergleichen, das sanft und träumerisch

auf der dunklen Landschaft liegt und verborgene Blumen zum Duften und versteckte Nachtigallen zum Schlagen bringt.

Am nächsten Morgen mußte es seiner Nichte auffallen, daß Doctor Anselmus sie so oft in ihrer Beschäftigung, dem Abschreiben des Manuscripts, unterbrach. Während er sonst, wie mit Ketten an seinen Schreibtisch gebannt, nie sein Zimmer verließ, trat er heute drei-, ja viermal zu ihr, ohne daß er jedoch etwas Anderes als die unbedeutendste Frage oder Rede an sie zu richten wußte.

Ihr Erstaunen wuchs, als er ihrem Schreiben zusehend Gelegenheit nahm, ihre kleine hübsche Hand zu bewundern, nicht etwa ihre Handschrift, deren Vortrefflichkeit er schon öfter rückhaltlos anerkannt hatte, sondern ihre eigentlichste Hand, die Hand von Fleisch und Bein, die schmale weiße Hand, die so kokett aus dem weiten Aermel ihres Männerrocks hervorguckte.

„Ah", lachte Dora, „das ist ungalant! Hast Du die Schönheit meiner Hand noch nicht bemerkt? Ich bin schon häufig darum belobt worden."

„Ich habe sie wirklich noch nicht bemerkt", antwortete Doctor Anselmus und schritt aus dem Zimmer.

Er ließ sich im Laufe des Vormittags nicht wieder sehen.

Die Zeit des Mittagessens benutzte Dora, in aller Kürze ihrem Oheim die Leidens= und Liebesgeschichte des Frater Heinrich zu erzählen. Leider kam sie allzu schlecht an. Doctor Anselmus rückte ungeduldig auf seinem Stuhle herum und wollte nichts hören.

„Es ist zu beklagen", seufzte Dora, „wie schwer der arme Novize jetzt seinen Irrthum büßen muß."

„Der arme Novize!" höhnte Doctor Anselmus. „Es geschieht ihm gerade recht, wenn er seine einfältigen Streiche büßen muß. Aus dem Kloster hilft ihm sein Leben lang Niemand mehr heraus."

„Das ist ja das Traurige", sagte Dora; ihr Oheim aber stand scheltend vom Tische auf, seine Nichte hatte ihm glücklich allen Appetit zu vertreiben gewußt.

Nicht umsonst hoffte diese darauf, daß er nun dem Schlummer sein gewohntes Opfer bringen werde, und machte sich, sobald Alles still war, auf, in den Garten zu eilen, wo sie Frater Heinrich mit Bestimmtheit er= warten zu dürfen glaubte. Ihr Oheim lag, das schönste Bild des Friedens, auf dem Bette, gliedergelöst und langgestreckt, die Augen geschlossen, leicht athmend. Sachte schlich sie sich durchs Zimmer an ihm vorbei, kein Sandkörnchen knirschte verrätherisch unter ihren kleinen Füßen, und eben legte sie die Hand auf die Thürklinke, den Blick unverwandt auf ihren Oheim gerichtet, als dieser ohne jede Veranlassung seine Augen langsam aufschlug und zu seinem nicht geringen Erstaunen Dora in dieser mehr als zweideutigen Haltung vor sich sah.

Lang und langsam richtete er sich in die Höhe.

„Du wolltest —" sagte er nur.

„In den Garten gehen", antwortete die Gefragte schüchtern.

„In den Garten? Zu —"

Doctor Anselmus vollendete den Satz nicht, sprang vielmehr schleunigst vom Lager, eilte auf die Thür, drehte den Schlüssel um, der innen im Schlosse stak, und ließ diesen selbst im dunklen Abgrund seiner Hosentasche verschwinden.

„So", sagte er; „ich denke, Du ziehst es doch vor, bei mir zu bleiben. Frater Heinrich wird schon ein andermal kommen."

„Das ist abscheulich", klagte Dora weinerlich, „Du behandelst mich wie ein Kind."

„Du willst es nicht anders haben", bemerkte Doctor Anselmus, sich wieder lang auf dem Bette ausstreckend; „Du denkst nicht daran, daß —"

Schon aber war Dora, die Fruchtlosigkeit fernerer Vorstellungen einsehend, in ihr Zimmer verschwunden und starrte, nachdem sie unwillig den Hut in die

nächste Ecke geworfen, grollend und übellaunig zum
Fenster hinaus.

Doctor Anselmus war in einer nicht minder ver=
drießlichen Stimmung; was mochte, sagte er sich, dieser
Mönch seiner Nichte nicht Alles erzählt haben, schmerzen=
und thränenreich! Doctor Anselmus wußte genau, daß
das Mitleid am ersten der Boden sei, dem die Rosen=
blüte der Liebe entsprosse, und wohin sollte das führen,
nachdem Frater Heinrich in Dora doch nur den Stu=
denten, den Neffen des Doctor Anselmus sah und sehen
durfte. Dennoch begann es ihm bereits leid zu thun,
daß er seiner Nichte so schroff entgegengetreten war.
Ja, er sann sogar darauf, wie er diese wieder heiter
zu stimmen vermöge, und verließ, nachdem er noch
eine Weile nachgedacht und zu einem Entschlusse ge=
kommen schien, das Zimmer.

Dora hatte inzwischen vor ihrem Tische Platz ge=
nommen und saß nun, die Füße auf den blanken
Schemel und den Arm auf das eine Knie gestützt, nach=
denklich da, über die Arbeit weg in das Freie hinaus=
sehend. Die kleine weiße Hand, die ihr Oheim vor
wenigen Stunden in so bedenklicher Weise gelobt hatte,
ruhte vor dem Mund, dessen feingeschnittene, knospende
Lippen sie bedeckte, und wenn sie nicht ihren braunen
Lockenkopf so trotzig in sich hineingesteckt, so hätte

ihr Oheim, der gerade, die eine Hand hinter den Rücken
haltend, zu ihr ins Zimmer trat, gewiß vor lauter
Bewunderung sich nicht mehr zu fassen gewußt.

„Dora", sagte er schüchtern.

„Du wünschest?" entgegnete die Angeredete in einem
Tone, der ihm vollständig die Ueberzeugung beibringen
mußte, wie wenig willkommen im Grunde sein Erscheinen sei.

„Ich habe Dich verletzt", sagte Doctor Anselmus.

Dora wandte sich rasch um; so hatte sie ihren
Oheim noch nie sprechen hören, und dann, welche Innigkeit lag in seinem Blick!

„Verletzt?" sagte sie. „Nein; doch thut es mir leid,
daß Du mir den Besuch des Gartens verbieten zu
müssen glaubst."

„Ich that es nicht gern, doch die Gefahr —"

„Ich weiß. Warum willst Du überhaupt noch einmal
von dem anfangen, was nicht mehr zu ändern ist?"

„Warum?" wiederholte ihr Oheim zögernd. „Sieh,
ich möchte von Dir nur wissen, ob Du wirklich keine
andere Absicht hattest, als eben nur in den Garten zu
gehen — Du verstehst mich, nur in den Garten, eben
nur in den Garten."

„Freilich! Welche Absicht sollte ich sonst gehabt
haben?"

„Schön", sagte Doctor Anselmus, „ich habe mir das auch gedacht; Du liebst —"

Dora fühlte, wie ihr das Blut blißgleich in die Wange stieg und ihr die Stirn bedeckte.

„Die Blumen", setzte ihr Oheim bei und sie athmete leichter.

„Darum habe ich", fuhr jener fort, „geglaubt, Dir eine Entschädigung bieten zu müssen, und bitte Dich nun, sie hier in Gestalt dieses einfachsten aller Sträuße anzunehmen."

Bei diesen Worten holte er die Hand hervor, die er bis jetzt auf dem Rücken gehalten und in der er einen nicht ohne Geschmack zusammengestellten Blumenstrauß trug.

Dora sah ihren Oheim überrascht an.

„Scherzest Du nicht?" fragte sie.

„Wie kannst Du das glauben?"

„Du hast diesen Strauß selbst für mich gepflückt?"

„Bist Du erstaunt darüber?"

„Allerdings", antwortete Dora und fuhr dann, indem sie Doctor Anselmus beim Kragen faßte und neckisch von der Seite ansah, fort:

„Weißt Du auch, daß Du Jemand eifersüchtig machen wirst?"

„Eifersüchtig?"

„Ja, die schöne Italienerin, die draußen im Gange
hängt. Wenn Du den Strauß als Zoll Deiner Verehrung hinter das Bild jener Schönheit gesteckt und
vielleicht des Nachts eine Lampe vor demselben ange-
zündet hättest, ah, darüber hätte mich kein Erstaunen
erfaßt; aber ich, Onkelchen, wie verdiene ich, Deine
Nichte, eine solche Aufmerksamkeit?"

Dora sah reizend aus, wie sie ihren Oheim in
solcher Weise apostrophirte.

„Wie kommst Du", fragte dieser verwirrt, „auf die
Italienerin?"

„Meinst Du, ich hätte vorgestern nicht bemerkt, wie
Du noch spät des Nachts auf den Corridor schlichst?
Gestern werde ich es verschlafen haben, aber heute —
warte, Onkelchen, Dich in ein Bild zu verlieben!"

Es geht gut, dachte Doctor Anselmus, sie wird
eifersüchtig.

„Es ist nur schade", lachte Dora, „daß Du immer
zu spät kommst. Diesmal bist Du gerade dreihundert
Jahre zu spät auf die Welt gekommen."

Die Miene des Doctor Anselmus verfinsterte sich.

„Es ist unrecht", sagte er schwermüthig, „daß Du
mich in dem Augenblicke, da ich Dir eine kleine Freude
zu bereiten suche, an meinen schwersten Kummer er-
innerst."

„Verzeih'", bat Dora schmeichelnd; „nimm lieber
meinen besten Dank für den Strauß und dann laß
mich für Wasser sorgen, daß die Blumen frisch bleiben."

Während sie den ziemlich umfangreichen Strauß in
das wassergefüllte Gefäß preßte, konnte Doctor Ansel=
mus abermals — heute zum zweiten Male — eine be=
wundernde Bemerkung hinsichtlich der schönen Hand
seiner Nichte nicht unterdrücken.

„Nimm Dich in Acht", lachte Dora und drohte mit
dem Finger, „Du wirst die Italienerin ernstlich böse
machen."

Es geht immer besser, dachte sich wieder Doctor
Anselmus, ihre Eifersucht ist im Wachsen.

„Solche gefährliche Bilder", fuhr seine Nichte fort,
„sollte man verbrennen, man sollte sie unschädlich ma=
chen, bevor sie ihren Zauber ausüben können, man
sollte sie zerstören, vernichten."

„Du bist barbarisch", spöttelte Doctor Anselmus;
„und wenn wirklich ein geheimnißvoller Geist in solchen
Bildern lebte, wäre das Verbrennen und Vernichten
nicht ein neuer Tod, den diejenigen, deren Körper schon
Jahrhunderte im Grabe modert, wiederum hier erleiden
müßten?"

„Ach ja", rief Dora. „Nun in Gottes Namen, laß
sie hängen. Weiß ich doch bestimmt, daß ich mich nie

2*

in einen solchen dreihundert Jahre alten rauchgeschwärzten
Kumpan verlieben werde."

„Bist Du dessen so sicher?"

„Freilich."

„Worin soll Dein Schutz liegen?"

„Darin, daß mir die Männer von heute schon gut
genug gefallen. Ich habe nicht nöthig, so weit zurück-
zugreifen."

„Du sprichst leichtsinnig, Dora."

„Gott bewahre! Es ist nur Freude an der Welt,
wie sie ist, wie ich sie sehe und wie sie mir gefällt."

Das Auge Dora's leuchtete in frohem Glanze, und
vielleicht war es die ihr ganzes Wesen verklärende
Heiterkeit, daß Doctor Anselmus in diesem Augenblicke
sich gleichfalls der Ansicht zuzuneigen begann, daß es
in der That klug gehandelt sei, sich in den Menschen
von heute einen Schirm gegen die hingegangener Jahrhunderte zu schaffen. Dora gegen Sidonie! Das wäre
also dasjenige gewesen, was der edle Doctor Anselmus
gebraucht hätte.

In großer Unruhe, deren Ursache seine Nichte
schlechterdings nicht zu errathen vermochte, schritt er
im Zimmer auf und ab.

Endlich blieb er vor Dora stehen.

„Wie müßte denn", fragte er, „der Mann aussehen,

welcher, um bei der einmal gebrauchten Redewendung zu bleiben, so ganz im Stande wäre, Dich vor dem nachwirkenden Zauber früherer Geschlechter zu schützen?"

„Hu, wie gelehrt das klingt!" spottete Dora. „Wenn ich Dich recht verstehe, fragst Du, wie der aussehen müsse, in den ich mich ernstlich verlieben oder den ich heirathen möchte?"

„Allerdings."

Dora sah ihrem Oheim prüfend ins Auge, sie wußte nicht recht, wie sie mit ihm daran war.

„Daran habe ich noch gar nicht gedacht", stieß sie endlich heraus und glaubte sich vortrefflich aus der Schlinge gezogen zu haben.

„Hm", meinte ihr Oheim, „das ist natürlich." Dann fuhr er fort: „Wärst Du zum Beispiel im Stande, Deine Liebe einem Manne zu schenken, der in frühern Jahren schon eine starke Neigung für ein anderes Mädchen gehabt?"

Dora stutzte.

„Ja", sagte sie dann entschlossen.

Doctor Anselmus machte wieder einige hastige Gänge durchs Zimmer, vor sich hinblickend und nur von Zeit zu Zeit einen brummenden, knurrenden Laut ausstoßend, dem Dora jede beliebige Deutung geben konnte.

„Dürftest Du", fragte er wieder, „auch wissen, daß

dieser Mann schon Stunden durchlitten, in denen er jede Freude am künftigen Leben verschworen hatte, in denen er sich als der unglückseligste, jammervollste aller Menschen erschienen, in denen er also ganz geknickt, ganz gebeugt, ganz gebrochen eine gewisse Schwäche gezeigt?"

Dora's Herz schlug fast hörbar, ein Erschrecken war über sie gekommen, daß ihr die Kniee zitterten. Ahnte Doctor Anselmus das Geheimniß ihres Herzens?

"Ja", antwortete sie wieder auf seine Frage, aber etwas leiser als das erste Mal.

"Hm", brummte Doctor Anselmus, sehr zufrieden= gestellt durch die Bewegung, welche sich seiner Nichte zu bemächtigen begann und die seinem Scharfblicke nicht entgangen war.

Er blieb zum dritten Male vor ihr stehen.

"Und dürfte", sagte er, "dieser Mann früher sogar den Wunsch geäußert haben, einst in einem Kloster sterben zu können? Dürfte er also schon dem äußersten Grab der Verzweiflung und der Hoffnungslosigkeit hin= gegeben gewesen sein? Würdest Du Nachsicht übend ihn trotzdem für einen Mann halten, reich genug an Kraft, um Dich an ihn in den Stürmen des Lebens sicher lehnen zu können?"

Diesmal drohten Dora die Sinne zu vergehen;

hatte er ihr in das Herz, in den tiefsten Grund ihres
Herzens gesehen? Hatte er mehr errathen, als sie
selbst noch bis zu dieser Stunde sich zu gestehen den
Muth gehabt hatte? Er konnte doch nur eins im Sinne
haben. Wollte er nun rettend und helfend eingreifen?

Aber Doctor Anselmus wartete auf die Antwort.

„Ja", preßte sie mühsam hervor, den Blick zu Bo=
den gesenkt.

„Hm, hm", stieß ihr Oheim heraus und sein dunkles
Auge flammte in wundersamem Glanze auf. Dann
trat er auf seine Nichte zu, faßte ihre vielgepriesene
Hand und fragte, selbst klopfenden Herzens und bemüht,
seine Stimme zum trauten Flüstern herabzudämpfen:

„Und, Dora, wie würde dieser Mann heißen?"

„Du weißt es ja", antwortete Dora ängstlich.

„Nun?"

Da barg Dora ihr erglühendes Haupt an der
Brust des Mannes, der ihr bisher Vormund, Oheim,
Vater, Alles gewesen war, und hauchte kaum hörbar:

„Heinrich."

Es ist eine bedauerliche Thatsache, daß Doctor
Anselmus in diesem Augenblicke nicht vom Schlage
gerührt worden ist. Die meisten der verehrten Leser
werden nichts Geringeres als bies erwartet haben, und
es ist immer mißlich für den Erzähler, der an die ein=

fache Wahrheit seiner Geschichten gebunden ist, seinen
Lesern Täuschungen zu bereiten.

Auf der andern Seite ist nicht zu leugnen, daß dadurch der Schluß dieser schlichten Historie bedeutend
beeinträchtigt und namentlich in einer Weise tragisch
zugespitzt worden wäre, die den von einfältigem Humor
nicht ganz freien Ton durchaus als ungerechtfertigt
würde erscheinen lassen. Zudem ist auch noch zu be-
merken, daß der Held dieser schmucklosen Erzählung,
eben der viel und nicht unrühmlich genannte Doctor
Anselmus doch wahrhaftig nicht verdiente, so jäh und
schreckensvoll von dieser Erde hinweggerafft zu werden.
Die in überwiegender Zahl vorhandenen guten Seiten
dieses ehrenwerthesten aller Poeten und Privatdocenten
werden keinem der vielen Leser entgangen sein, und
wenn Doctor Anselmus sich diesmal und gegenüber
seiner Nichte Dora eine kleine Schwäche hat zu Schulden
kommen lassen, so ist wenigstens der Autor so ehrlich
einzugestehen, daß er der Allerletzte ist, der um des-
willen auf seinen Helden einen Stein wirft.

Kurz und gut und Alles in Allem genommen, so
scheint es nur erfreulich, daß Doctor Anselmus über
diese schreckliche Katastrophe glücklich hinübergekommen
ist, wenngleich die Aufregung, der er sich, in sein Zimmer zurückgekehrt, preisgegeben fand, eine so gewaltige

war, wie sie sein allzu empfindliches Nervensystem schon seit langem nicht mehr erfahren. Er hätte am liebsten Alles, was er um sich sah und wie es ihm gerade in die Hände gekommen wäre, kurz und klein geschlagen. Er hätte sich zu Hause diese etwas gewaltsame Herzens- erleichterung auch gewiß verschafft, hier war es lebig- lich die Heiligkeit des Ortes, die ihn von solchem ver- werflichen Thun abhielt und die dem unsaglichen Jam- mer und Schmerzgefühl, das seine Brust durchtobte, wenigstens nach außen einen Zügel anlegte.

Das, was er nach seiner empfindlichen Art am meisten scheute, war, sich vor seiner Nichte lächerlich gemacht zu haben; und doch hätte er gerade darüber am meisten beruhigt sein können. Denn Dora, die in ihrer ersten Betäubung sich über ihr Bett geworfen hatte, dessen Kissen sie reichlich mit Thränen benetzte dachte noch nicht im geringsten darüber nach, durch was sie ihren Oheim wohl so tief und schwer gereizt haben konnte, daß er sie rauh und ungestüm von sich stoßen und sie mit Scheltworten überhäufen durfte, die seiner gewöhnlichen Art zu sein ebenso sehr entgegen- standen, wie seine frühern Schmeicheleien. Er hatte sie eine listige Schlange, eine Heuchlerin genannt, das kümmerte sie jetzt noch nicht, sie sann gar nicht darüber nach, welchen Zweck Doctor Anselmus in dem letzten

Gespräch mit ihr eigentlich im Auge gehabt habe; nur
eins erfüllte sie mit unendlicher Beschämung, mit un=
endlichem Schmerz: daß sie sich hatte hinreißen lassen,
ihrem Oheim eine Neigung einzugestehen, die sie selbst
fast noch unbewußt in sich getragen und die als hoff=
nungslos und ziellos von Anfang an sie sich selbst
eigentlich nur im Traum bekannt hatte.

Da stürzte Doctor Anselmus außer sich in ihr
Zimmer.

Er verbot ihr zu weinen.

„Willst Du mich verrückt machen?" rief er.

Ein erneuter Thränenstrom war die Antwort seiner
Nichte.

„Du ahnst nicht", fuhr er fort, „wie ich die Thränen
hasse! Und gar die Weiberthränen! Ueber was weinst
Du? Hast Du einen vernünftigen Grund zum Weinen?
Nein, gar nicht, durchaus nicht. Weine lieber über
mich, den Du wie mit Absicht so unglücklich, so elend
machst, den Du rücksichtslos aus einer Aufregung in
die andere wirfst, den Du krank ärgerst, den Du um
seine Ruhe, um seinen Frieden, um Alles bringst. O",
rief er, die Hände ringend, „es ist entsetzlich zu denken!
Mit welchen Hoffnungen, mit welchen Erwartungen
kam ich hierher, in die Stille dieses gottgeweihten Klo=
sters, und nun, wo bleibt die Erzählung, die ich schrei=

ben wollte, wo bleibt die tiefsinnige Abhandlung über die Schachfiguren, die mich zum 'Professor der Hoch= schule machen sollte! Es ist schrecklich, Alles ist vorbei, Alles umsonst, Alles hin. Das Beste wäre wohl, sofort abzureisen. Aber ich weiß, ein erneuter Wechsel des Aufenthalts würde mich jetzt auf das Krankenlager werfen. Ich will also bleiben. Du aber, Unglückselige, hast mir gestanden, daß Du Frater Heinrich liebst. Dora, ahnst Du, was das heißt? Ahnst Du, daß Du an der Sünde vorüberstreifst, da Du Deine Augen auf einen Mann wirfst, der sein Leben der Kirche, sein Herz Gott verlobt hat? Ich will Dich schonen und darüber schweigen. Meine Pflicht aber ist es, diejenigen Maßregeln zu treffen, die Dein Zustand unabweisbar erheischt, Du darfst mit Frater Heinrich nie mehr allein zusammentreffen. Noch ahnt er nicht, wer Du bist, noch kann Alles zum Guten geführt werden. Ver= sprichst Du mir das?"

„Ja", sagte Dora kaum hörbar.

„Du versprichst mir, Dein Zimmer nie mehr ohne mich zu verlassen?"

„Ja."

„Ich werde Dich, wenn ich es passend finde, spa= zieren führen, auf Wegen, die uns vor Ueberraschungen sicher stellen. Du wirst nie mehr nach der Kegelbahn verlangen. Versprichst Du mir das?"

„Ja."

„Ich werde dem Pater Guardian sagen, daß Dich die Arbeit abhalte, Dich so häufig sehen zu lassen, wie bisher; Du wirst meine Aussage im Nothfalle bestätigen."

„Ja." •

Dora versprach in ihrer Zerknirschtheit Alles; sie hätte noch mehr versprochen, wenn ihr Oheim noch mehr verlangt hätte. Und wirklich ging dieser, als der Abend hereingebrochen war, allein in den Garten, und als Dora ihn den Schlüssel im Schloß umdrehen hörte, wußte sie, daß sie heute zum ersten Male von dem ihr angedrohten Zimmerarrest betroffen sei.

―――――――

Zweites Kapitel.

Es war schon spät und die silberne Sichel des
Mondes über dem schwarzen Tannenwalde, der
dort den Horizont begrenzte, längst heraufgestiegen, als
Doctor Anselmus wieder zurückkehrte. Er mochte glauben,
seine Nichte ruhe schon, wenigstens näherte er sich
ihrer Thür nicht mehr und schritt, wie er es vor dem
Schlafengehen zu thun pflegte, wenn er nicht noch
arbeitete, in seinem Zimmer auf und ab. Auch Dora
verzichtete heute darauf, ihm gute Nacht zu sagen,
und blieb nur, da auch über sie noch keine Müdigkeit
gekommen war, still am offenen Fenster sitzen und
sah gedankenvoll durch die schweigende, zauberhelle
Sommernacht.

Aus ihrem Sinnen wurde sie nach einiger Zeit

durch lautes Reden aufgestört. Sie horchte. Es war Doctor Anselmus, der mit sich selber sprach. Es waren kurze, abgerissene, unverständliche Sätze, die er polternd herausstieß. Er ging dabei auf und ab, Dora hörte seine Schritte. Nur wenn er hastiger, heftiger sprach, blieb er einen Augenblick stehen, um dann doch wieder seine ruhelose Wanderung fortzusetzen.

Seiner Nichte ward unheimlich. Sie verstand keine Silbe des Selbstgesprächs, aber durch die Stille der Nacht wirkte der leidenschaftliche Ton, in welchem die einzelnen Worte herausgestoßen wurden, auf die Hörerin doppelt.

Mitternacht war nahe und Doctor Anselmus war noch immer wach. Noch immer ging er im Zimmer auf und ab, noch immer sprach er mit sich selbst, hastig leidenschaftlich und erregt.

Plötzlich hörte ihn Dora die Thür öffnen, welche auf den Corridor führte; sie spähte durch das Schlüssel= loch, Doctor Anselmus hatte sein Zimmer verlassen.

Was hatte er noch da draußen zu suchen? War es wieder das Bild der schönen Sidonie, das ihn an= gelockt hatte?

Von einer fast unerklärlichen Bangigkeit ergriffen, eilte Dora durch das Zimmer ihres Oheims an die Thür, die ihr leise so weit zu öffnen ge=

lang, daß ihr ein Blick auf den Gang mög=
lich war.

Wirklich, Doctor Anselmus stand, das rothe Fes
auf dem Kopfe und den Messingleuchter in der Hand,
vor dem Bilde der Italienerin.

Wie sehr mußte es ihm diese angethan haben!

Sein Auge glänzte seltsam und er sprach zu dem
Bilde, das so still und ernst auf ihn herniederblickte,
leise Worte, kaum geflüstert, nur hingehaucht.

Hoch über dem Kloster stand im reinen Blau der
Mond und sein silbernes Licht beglänzte den stillen
Klosterhof und das Kreuz, das in der Mitte desselben
stand. Der Corridor lag im Dunkeln, und nur leise
an der Seite glitt der milde Schimmer des Mondes
über die Säulen hin, die arabeskengeschmückt den ge=
wölbten Gang trugen.

Aber wahrhaft gespenstisch beleuchtete der rothe
Strahl des Lichtes, das Doctor Anselmus trug, die
aus dem schwarzen Rahmen und dem schwarzen Hinter=
grund wie lebendig hervortretende stolze, prunkreiche
Gestalt der Italienerin und die bleichen, müden Züge
des Gelehrten, der in seiner einfachen schwarzen Kleidung
regungslos vor ihr stand, das dunkle schwärmerische
Auge aufgeschlagen und nur die schmalen Lippen wie
zum Gebete bewegend.

Minute verging um Minute, da mochte in der Seele des Doctor Anselmus der Wunsch aufsteigen, dem schönen Bilde noch näher zu sein.

Unter diesem stand eine schlichte hölzerne Bank, wie deren noch mehrere in den langen Gängen, die bei Regenzeit den Mönchen zum Spaziergang dienten, aufgestellt waren.

Auf diese stieg Doctor Anselmus, daß er dem Bilde nun gegenüber stand, Auge in Auge, in stummes An= schauen versunken, bis sich ein schwerer Seufzer seiner Brust entrang, der schmerzlich klagend durch die Stille des Säulengangs hinzog und verhallte.

Da, als wenn er die Gestalt des schönen Weibes umfassen wolle, hob er beide Arme zu ihr empor, mit dämonischer Gewalt schien es ihn hinzuziehen und halb voll Gier, halb voll Scheu drückte er einen Kuß auf ihre rothen, halb geöffneten Lippen. Doch im selben Augenblick brach er, wie vom Blitz getroffen, zusammen und stürzte, nach rückwärts geneigt, besinnungslos zu Boden. Das Licht entfiel verlöschend seiner Hand und tiefe Nacht, durch die nur von fern der Strahl der Oellampe vor dem Crucifix zitterte, lag auf dem Corridor.

Der gellende Angstschrei Dora's, die auf ihren un= glücklichen Oheim zustürzte, rief die Hülfe der Mönche herbei. Von allen Seiten eilten sie aus ihren Zellen und Dora erzählte mit hastigen Worten den Vorgang, soweit sie ihn selbst begriff.

Vorsichtig hob man den noch immer Besinnungs= losen auf und trug ihn auf sein Zimmer, wo man sich zunächst überzeugte, daß er wenigstens äußer= lich keine Beschädigung erlitten. Man brachte ihn zu Bette und endlich gelang es auch wiederholten Versuchen, ihn wieder in das Leben zurückzurufen. Aber mit irren Augen blickte er umher und kannte Niemand, nicht Dora, die — es war nun einmal der Tag der Thränen — weinend seine Hand umfaßt hielt, nicht den Pater Guardian, der sich besorgt über ihn beugte, nicht die übrigen Mönche, die in angst= vollem Schweigen sein Bett umstanden.

Man hatte sich in den wenigen Monaten, die Frater Heinrich im Kloster zubrachte, daran gewöhnt, ihm, der sich auf der Universität nicht unbedeutende medicinische Kenntnisse erworben hatte, die Verwaltung der Hausapotheke und so lange die Behandlung eines Kranken anzuvertrauen, bis der mehrere Stunden ent= fernt wohnende Arzt des Bezirks herbeigerufen war.

Zwar war alsbald für Absendung eines Eilboten gesorgt worden, da dessen Rückkehr aber nicht vor Anbruch des Tages zu erwarten stand, so überließ

man es dem jungen Novizen, zu verordnen, was in der
ersten Stunde nothwendig sein mochte. Dieser — denn
er erkannte unschwer, daß man es hier mit einer
merkwürdig auf die Spitze getriebenen Aufregung der
Nerven und einem dadurch hervorgerufenen Fieberan=
fall zu thun habe — räumte vor allem das Zimmer
von den überflüssigen Zuschauern, und Dora's fortge=
setzten Bitten gelang es endlich, auch den ehrwürdigen
Pater Guardian zur Rückkehr in seine Zelle zu be=
wegen. Als er ging, ahnte er nicht, welche Last und
Sorge er vom Herzen Dora's nahm.

Denn diese befand sich in einer Aufregung, die
jeder Beschreibung spottet und die ihr nichts weniger
als zu verargen war. In der That, wäre Doctor
Anselmus sich selber so gegenüber gestanden, wie ihm
Dora nun gegenüberstand, und wäre es ihm möglich
gewesen, alle jene verhängnißvollen Worte mit anzu=
hören, die er jetzt in der Raserei des Fiebers, wenn
auch unzusammenhängend, doch nicht minder ver=
rätherisch und unbedacht herausstieß, er wäre, auf sein
eignes Ich losstürzend, in jene namenlose Wuth ge=
rathen, die sich seiner unter gewissen Umständen zu be=
mächtigen pflegte, und hätte sich, nur um die Quelle
der unglückseligen Worte zu ersticken, unter tausend
Verwünschungen den Hals umgedreht, unbekümmert, ob

ihm ein würdiger Nachfolger für die Beschreibung der Schachfiguren erstehen oder ob diese mit ihm in die Nacht des Grabes und der Vergessenheit zurücksinken würden auf immer.

„Bleib' hier, Dora, bleib' hier", rief der Kranke. „Um Gotteswillen, geh nicht ins Kloster — sieh, wie sie lachen — alle lachen, der Pater Guardian lacht — ich bin verloren. Sie kommen mit ihren Spießen — sie kommen, Dora — o wie sie hauen — und stechen — hinaus — fort aus dem Kloster — Dora —"

Erschöpft sank Doctor Anselmus in die Kissen zurück und Frater Heinrich war bemüht, ihm den kalten Schweiß von der Stirn zu wischen.

„Sonderbare Reden, die Ihr Oheim führt", sagte er dabei, und Dora meinte zu fühlen, wie sein Blick prüfend über sie hinglitt. Hatte sie vorhin fast bleich vor Angst neben dem Bette gesessen, durch jedes neue Wort, das sich von den Lippen ihres Oheims losrang, in neues Entsetzen gejagt, so goß sich jetzt eine Blutröthe in das Gesicht, und indem sie sich sagte, daß lediglich von ihr und ihrer Haltung der Ausgang dieser seltsamen Verwicklung abhänge, versuchte sie standhaft dem Auge des Novizen zu begegnen.

Und doch, der Novize hatte kein Arg.

„Von wem spricht Ihr Oheim immer?" fragte er.

„Von meiner Schwester, die wir vor unsrer Reise
hierher in die Hauptstadt zurückschickten", war Dora's
gefaßte Antwort und sie segnete den glücklichen Zufall,
daß ihr Uebermuth schon früher und unter weniger
verhängnißvollen Umständen auf diese Lüge ge=
kommen war.

„Es wird dienlich sein, Ihrem Oheim nasse Tücher
über die Stirn zu legen", sagte der Novize nach einer
Weile und berührte leicht die Stirn des Kranken.
„Wollen Sie mir nicht behülflich sein?"

„Gern", antwortete Dora rasch und war erfreut,
für einen Augenblick wenigstens die Aufmerksamkeit
von dem Kranken selbst abgelenkt zu wissen. Sie hatte
empfunden, daß der Frater Heinrich am Ende gefähr=
licher und mehr zu fürchten sei, als es der halbtaube
Pater Guardian war.

Mit flinker Hand bereitete sie auf dem am Fenster
stehenden Schreibtische die Umschläge, so flink, daß
dem jungen Mönche nichts mehr zu thun übrig
blieb.

Sie trat an das Lager und befestigte gewandt und
ohne dem Kranken lästig zu fallen, die nassen Tücher
um dessen erhitztes Haupt.

Der Novize hatte daneben gestanden und geleuchtet.
Jetzt sagte er:

„Hätte ich nicht schon Ihre Fertigkeit im Bohnen=
schneiden zu bewundern gehabt, Herr Theodor, so
würde ich jetzt die Geschicklichkeit bewundern, mit der
Sie sich auf Umschläge und Krankenpflege ver=
stehen.“

Der Ton, in welchem diese Worte gesprochen
wurden, war nichts weniger als unbefangen; der Spott,
der dahinter steckte, war unverkennbar.

Doch aufs neue wußte Dora die Gefahr zu be=
schwören.

„Sie scherzen“, antwortete sie leichthin, „und haben
Sie nicht selbst gesagt, man müsse sich in allen
Dingen von den Frauen unabhängig zu machen
suchen?“

„Ich ahnte damals nicht“, spöttelte der Mönch,
„daß Sie in dieser Kunst schon solche Fortschritte ge=
macht haben könnten.“

„Sie übertreiben.“ Dora schwieg. Die Fortsetzung
dieses Gesprächs schien ihr gefährlich, und sie wandte
sich zum Kranken, dessen Schlummer inzwischen ruhiger
und gleichmäßiger geworden war.

Die Nacht ging hin und der Morgen graute, der
endlich den Arzt brachte; er erklärte den Zustand des
Kranken für unbedenklich, verschrieb ein Medicament
und befahl vor allem, den Patienten ruhig fortschlafen

zu laſſen. Seine Natur habe bereits geſiegt und es
ſei kaum zu fürchten, daß ſich das Fieber mit der
Nacht wieder einſtellen werde. Dora hätte dem Arzte
für ſolche tröſtliche Ausſicht um den Hals fallen mö=
gen; vor allem aber beſtand ſie darauf, daß Frater
Heinrich ihr die weitere Pflege und Wache allein
überlaſſe, da ſie das lebhafte Bedürfniß empfand, nach
all dieſen nächtlichen Stunden des Schreckens aufzuath=
men und unbeobachtet und allein ſich zu erholen.

Sie hatte kaum eine halbe Stunde angekleidet auf
ihrem Lager geruht, als ſie den ſchwachen Ruf ihres
Oheims vernahm.

Doctor Anſelmus war aufgewacht, aber es war
ihm unmöglich, ſich auf irgend etwas zu beſinnen. Er
fühlte ſich zum Tode matt, er vermochte ſeine Füße
kaum zu regen, er wußte kaum, wo er ſich eigentlich
befinde, nur die eine Ahnung ſchwebte ihm dunkel vor,
es habe ſich etwas Außerordentliches mit ihm zuge=
tragen, worunter er jetzt noch leide.

Ein ſonderbares Gefühl veranlaßte ihn endlich nach
der Stirn zu greifen, wo er einen feuchten, kalten Ge=
genſtand faßte. Nach einigem Reißen und Zerren ge=
lang es ihm, denſelben herunterzubekommen, und er
fand die Entdeckung höchſt eigenthümlich, mit einem
naſſen Tuch um den Kopf aufgewacht zu ſein.

Er rief seine Nichte, auf die er die müden Augen in stummer Frage richtete.

Dora beugte sich zu ihm und fragte mit theilnahm=voller Stimme:

„Wie befindest Du Dich, Onkelchen?"

Ein zorniger Blitz leuchtete im dunklen Auge des Doctor Anselmus auf.

„Willst Du mir nicht erst gefällig sagen", preßte er hervor, „wie ich zu diesem nassen Fetzen komme?"

Damit schleuderte er den Umschlag, den er sich von der Stirn gerissen, aufgebracht in die nächste Ecke.

„Du bist heute Nacht erkrankt", antwortete Dora ruhig, „Du hattest Fieber und man hat Dir die Um=schläge verordnet."

„So", sagte Doctor Anselmus und streckte sich lang im Bette. „Es ist wahr, ich fühle mich sehr schwach. Wie ist das gekommen?"

· Dora erzählte ihm, was sie wußte. Sie that es in schonender Weise und sagte, er sei auf dem Rück=wege in sein Zimmer von einer Ohnmacht überfallen worden.

„So", sagte Doctor Anselmus und wandte sich dann mürrisch gegen die Wand.

Dora trat seufzend zurück, sie hatte sich auf solche schlimme Launen gefaßt gemacht.

Ihrem kranken Oheim traten indeß mehr und mehr die Vorfälle des letzten Tages vor die Seele; er besann sich immer lebhafter auf die große Scene, die er mit seiner Nichte gehabt; er besann sich immer deutlicher auf die schöne Sibonie, er besann sich genau darauf, wie er in den Corridor gegangen, wie er zu dem Bilde hinaufgestiegen, wie er es umarmt hatte, wie es plötzlich Leben zu bekommen schien, wie — ein schwerer Seufzer entrang sich seiner Brust und er versank in tiefes, wehmuthvolles Nachdenken.

Aber schon schoß ein neuer Gedanke durch sein immer bewegtes Hirn und auf sein schleuniges Befragen erfuhr er, daß in der That Frater Heinrich es gewesen sei, der mit Dora die Nacht an seinem Bette zugebracht habe. Diese Nachricht jagte ihm einen Schrecken ein, der nicht hätte übertroffen werden können, wenn ihm Dora die Mittheilung gemacht, der wahrhaftige Gottseibeiuns habe bei ihm gewacht und habe mit höchst eigenen teuflischen Händen die Umschläge um das Haupt des christlichen Doctors gelegt. Vergebens suchte Dora einige erläuternde und entschuldigende Worte zu sprechen, er wehrte sie ungestüm ab.

„Es ist gut, es ist gut", stöhnte er, „ich will den Pater Guardian sprechen."

In diesem Augenblick trat der Gewünschte wie gerufen ein, um sich theilnahmvoll nach dem Befinden des Kranken zu erkundigen, und Doctor Anselmus wußte es seiner Nichte nahe zu legen, daß es ihm lieb sei, mit dem Pater Guardian allein gelassen zu werden. So bequemte sich denn diese wenn auch nur ungern, das Zimmer zu verlassen und auf dem Corridor, an eine der arabeskengeschmückten Säulen gelehnt, an Alles zu denken, was ihr lieb war und was sie freute. Und an wen hätte sie lieber gedacht als an Frater Heinrich?

Dieser hatte sich inzwischen gar seltsamen und wunderlichen Betrachtungen hingegeben. Als er am frühen Morgen vom Lager des Doctor Anselmus weg in seine Zelle zurückkehrte, war er, statt augenblicklich den versäumten Schlummer der Nacht nachzuholen, noch lange in dem engbegrenzten Raume auf und ab geschritten, sinnend und nachdenkend. Absonderlich dabei war, daß er, sobald er still stand und sich auf seinen Gedanken ertappte, ein herzliches Gelächter aufschlug und über sich selbst den Kopf schüttelte. Wahrhaftig, Jedermann mußte zugeben, der junge Mönch konnte sich keinen kuriosern Gegenstand zum Nachdenken auswählen als denjenigen, den er wirklich gewählt hatte und der Niemand anders war als eben des Doctor Anselmus Neffe Theodor.

Frater Heinrich gestand sich vor allem, daß noch
kein junger Mann einen solchen Eindruck auf ihn ge=
macht habe wie jener. Welchen Eindruck? Das ver=
mochte sich der Novize am allerwenigsten zu sagen.
Er bekannte sich vielmehr daß, abgesehen von dem da
und dort aufblitzenden muntern Spott das Charakteri=
stische Theodor's in einer gewissen, für ihn wenigstens
unbestimmbaren Milde und Weichheit, in einer biswei=
len seltsamen, weil unnöthigen Schüchternheit und Ver=
legenheit liege; er bekannte sich, daß dies Eigenschaften
seien, die gerade er bis jetzt am wenigsten an einem
Manne lobenswerth und preiswürdig gefunden habe.
Und doch, weit entfernt, von diesem, wie er selbst sagte,
knabenhaft erscheinenden Wesen sich abgestoßen zu füh=
len, sah er sich vielmehr von demselben wohlthuend
berührt und angezogen. Jetzt freilich hätte er doch Lust
gezeigt, Manches, was ihm an Theodor's Art aufge=
fallen war, unschön und unmännlich zu finden; er war
nahe daran, die seltsame Manier, wie ihn der Neffe
des Doctor Anselmus zeitweilig von der Seite so
schalkhaft angesehen hatte, für lächerlich und abge=
schmackt zu erklären, und doch mußte er sich gestehen,
daß er an allem dem im Augenblicke, da es ihm wi=
derfahren war, Gefallen gehabt hatte. Dann wieder
sagte sich der Novize, daß ihn der ganze Theodor,

wie er war, an Jemand erinnere; aber er konnte
nicht darauf kommen, an wen; er sagte sich, daß ein=
zelne Töne seiner Stimme, ja selbst einzelne Worte so
bekannt an sein Ohr schlügen, aber er wußte. nicht,
wie so. Zuletzt freilich fiel ihm immer wieder das
Bohnenschneiden ein und nun gar diese fast unpassende
Geschicklichkeit, nasse Umschläge herzurichten — Frater
Heinrich hatte Recht, wenn er über sich selbst in ein
helles Gelächter ausbrach und schließlich sein Lager suchte.

Nach einigen Stunden wachte er wieder auf, leider
ohne die gewünschte Ruhe gefunden zu haben. Im
Gegentheile, er stützte seinen Arm auf das Kissen seines
bescheidenen Lagers und gab sich alle Mühe, den Träu=
men, die ihm im Schlummer vorübergezogen waren,
nachzusinnen. Er hatte von Theodor geträumt. Lä=
cherlich, sagte er zu sich selbst. Und doch hatte er in
so eigenthümlicher Weise von ihm geträumt. Er hatte
den Neffen des Doctor Anselmus vor sich gesehen, aber
nicht im grauen, weiten Sackpaletot, sondern in einer
braunen Kapuze, in einer Kapuzinerkutte. Da schaute
plötzlich aus der Kapuze ein anderer Kopf, der eines
allerliebsten Mädchens, und doch war es wieder der
Kopf des Neffen und zwar nicht halb oder nur ähnlich,
sondern ganz und gar wie abgerissen. Im braunen
Haar über der weißen Stirn waren rothe Rosen wie

von einem Kranze sichtbar, und unter dem Kinne
hielt das Mädchen mit der kleinen Hand eng die Kapuze zusammen, und da schaute nun dieses hübsche, rei-
zende Köpfchen so drollig und lächelnd heraus und
schien ihm so neckisch zuzuwinken, daß —

Zur rechten Zeit wurde Frater Heinrich aus seinem
Grübeln aufgeschreckt. Ein Laienbruder trat ein und
meldete, daß der Novize sich sogleich zu dem Pater
Guardian zu begeben habe.

„Sogleich?"

„Sogleich, ist der Befehl Seiner Hochwürden."

„Gut, ich komme", entgegnete Frater Heinrich, ver-
wundert den Kopf schüttelnd. Denn in der Art und
Weise, wie ihm der Auftrag wenigstens ausgerichtet
wurde, lag eine Schroffheit, die dem sonstigen Wesen
und der sonstigen Ausdrucksweise des Pater Guardian
fremd war.

Dieser hatte lange mit Doctor Anselmus geplau-
dert und sich erst entfernt, als die zunehmende Schwäche
des letztern von selbst der Unterredung ein Ende
machte.

Als Dora wieder eintrat, fand sie ihren Oheim gefaßt und ruhig und ganz der schönen Beschäftigung
der Erholung hingegeben. Er dämmerte, meist mit
geschlossenen Augen, so vor sich hin; wenn er aber

ein Wort an sie richtete, so geschah es in freundlichem,
wohlwollendem Tone, und Dora ging mit Vergnügen
auf den geschlossenen Frieden ein. Erwachte Doctor
Anselmus wieder aus dem leichten Schlummer, in den
er dann und wann fiel, so verweilte sein Auge in stil=
ler Befriedigung auf der schönen Gestalt seiner Nichte,
aber ohne daß er wieder in Versuchung gekommen
wäre, ihre schöne Hand oder sonst etwas an ihr zu
loben. Aller Trieb hierzu war erloschen, er begriff
seine Verirrung, wie er es nannte, heute selbst nicht;
es überkam ihn, als ob er ein Unrecht begangen,
nicht an sich, o nein, noch weniger an Dora, son=
dern vielmehr an jener Zeit, an jener längstvergange=
nen, für Andere längst vergessenen Zeit, der er sich ja
von Jugend an zu eigen gemacht, der er sein ganzes
Wirken und Walten geweiht und in der sein ganzes
Sein mehr und inniger wurzelte, als in den Tagen
des schnöden neunzehnten Jahrhunderts, das ihn ge=
boren. Und gerade seit gestern, gerade seit jener ver=
hängnißvollen Stunde vor dem Bilde der Italienerin
war ihm das erst recht zum Bewußtsein gekommen.

„Es ist doch seltsam", sagte er, ohne es zu wollen,
laut vor sich hin, da er an jenen Vorfall dachte.

„Was?" fragte Dora, die seine Worte gehört hatte,
indem sie von ihrer Arbeit aufsah.

„Ich ging vergangene Nacht zu später Stunde noch auf den Corridor", antwortete Doctor Anselmus.

„Ja."

„Ich blieb vor dem Bilde der Italienerin stehen."

„Der schönen Sibonie?"

„Ich stand ihr gegenüber, Auge in Auge."

„Wie ist das möglich?" unterbrach ihn Dora, als wenn sie von gar nichts wisse. „Das Bild hängt ja viel zu hoch."

„Ich stand", bemerkte Doctor Anselmus ruhig, „ihr nichtsbestoweniger Auge in Auge gegenüber."

„Dann mußt Du auf die Bank gestiegen sein", fuhr Dora unbarmherzig fort.

„Es scheint so", entgegnete ihr Oheim erröthend, „ich muß auf die Bank gestiegen sein."

„Das ist allerdings seltsam", spottete Dora wieder.

„Wie ich ihr nun so gegenüberstand, umfing mich plötzlich eine wunderbare Welt. Ich fühlte mich der Gegenwart entrückt und zurückversetzt in jene alten Zeiten, denen mein ganzes Sehnen von je galt. Es umrauschte mich zauberhaft, ich flüsterte Worte, auf die ich mich heute nicht mehr besinnen kann, schön und geheimnißvoll. Voll Innigkeit und von einer unwiderstehlichen Macht gedrängt beugte ich mich zum Bilde —"

„Onkelchen", mahnte Dora.

„Da empfand ich, wie dieses Leben gewann, über das lächelnde Antlitz flog es wie ein Traum von Liebe und Glück, die Augen leuchteten, ein verständnißinniges Lächeln umspielte den Mund, aus dem Rahmen neigte es sich mir entgegen, ich fühlte einen heißen Kuß auf meinen Lippen —"

„Onkelchen", sagte Dora wieder.

„Und stürzte, wie vom Blitze getroffen, besinnungslos zu Boden."

Doctor Anselmus hatte diese Erzählung mit solcher Ueberzeugung gesprochen, daß Dora nicht den Muth hatte, Zweifel an diesem räthselhaften, schier überirdischen Vorgang zu äußern. Vielleicht aber errieth ihr Oheim ihre Gedanken, denn er fuhr fort:

„Du glaubst mir nicht? Und hast Du doch selbst vor wenigen Tagen erst zu mir von dem geheimnißvollen Eindruck gesprochen, von jenem anziehenden oder abstoßenden Zauber, den einzelne Bilder schon auf Dich in unbegreiflicher Weise ausgeübt. Du hast freilich diesen Eindruck immer nur flüchtig gefaßt, flüchtig und oberflächlich, wie Du selbst bist."

„Ach, Onkelchen, das ist unartig", rief Dora.

„Du hast Dich bemüht, wissentlich oder unwissentlich, diesen Zauber sogleich wieder abzuschütteln, und es gelang Dir, durch Spott und Zweifel den Bann

zu brechen, in dem Du Dich willenlos für einen Augen=
blick gefangen fühltest. Wer aber, wie ich, so tief zu
empfinden vermag, wer alle Dinge mit Liebe umschließt
und umfaßt und zwar mit jener Liebe, die, selbst gött=
lichen Ursprungs, überall Göttlichem nachspürt und
nachforscht, die heute voll Freude und Lust, morgen
voll Wehmuth und Trauer das Geliebte an das Herz
drückt, die überall nur Liebe sucht, in allen Dingen,
in allen Menschen, in allen Zeiten — ber, sage ich,
ist auch allein empfänglich und vorbestimmt, jenem ge=
heimnißvollen Reich der Geister, das jenseits der Erbe
liegt, näher zu treten und von ihm Grüße und Winke
zu empfangen, die kalten, liebeleeren Menschen vorent=
halten bleiben und darum auch von diesen vornehm
belächelt werden. Dennoch ist es ein verhängnißvolles
Geschenk, das uns vom Himmel anvertraut ist, und
gerade derjenige, ber es in holden Wonnen erschauernd
mit der größten Hingebung, mit der größten Seligkeit,
mit der größten Inbrunst in Empfang nimmt, gerade
ber erntet davon am meisten Wehmuth, am meisten
Trauer, am meisten Schmerz."

Wie Doctor Anselmus diese Worte sprach, lag in
seinen Zügen jene tiefe, unendliche Melancholie, die
ihn zuweilen vollkommen beherrschte. Aus seinem ernsten,
tiefdunkeln Auge leuchtete fromme Begeisterung, leuch=

tete jene weihevolle Liebe, von der er gesprochen hatte
und deren Strahl nur gedämpft wurde durch den
schwärmerischen Schmerz, der wie ein Schleier darüber lag.

Erschöpft und angegriffen sank er nun in die Kissen
zurück, und auch Dora mochte nicht das Gespräch über
ein Thema fortsetzen, für dessen tieferes Verständniß
sie keinen Sinn und kein Geschick hatte. Gehörte sie
zu den liebeleeren Menschen, von denen ihr Oheim ge=
sprochen hatte? Gewiß nicht. In diesem Augenblicke
weniger als je. Und wenn sie ihrem Oheim in den
Anschauungen, die er eben entwickelt hatte, nicht zu
folgen vermochte, so hatten doch die Kraft, die Wärme,
die Ueberzeugung, mit welcher derselbe sie vorgetragen,
ihre Wirkung nicht verfehlt und sie entzog sich jener
huldigenden Verehrung nicht, die sie gern dem über
das Gewöhnliche und Gemeine hinausstrebenden Manne
aus vollem Herzen zollte.

Eins nur war ihr im Laufe des Nachmittags auf=
fallend, daß sich nämlich Frater Heinrich auch nicht
für eine Minute sehen ließ. Sie wartete und wartete,
Frater Heinrich kam nicht. Der Abend nahte, ohne
den jungen Novizen zu bringen. Und Dora war es,
die dieses Fernhalten höchst unpassend, höchst unschick=
lich, höchst rücksichtslos fand.

Aber nicht genug, daß er an diesem Tage ausblieb,

es verging auch der zweite, der dritte, der vierte Tag,
Doctor Anselmus befand sich schon in der entschieden-
sten Reconvalescenz und Frater Heinrich hatte sich noch
immer nicht blicken lassen. Dem Doctor Anselmus
schien es nicht aufzufallen, und Dora, so aufgeregt sie
über das Ausbleiben des Mönches war, hütete sich, ihrem
Oheim gegenüber des Novizen auch nur flüchtig zu er-
wähnen. Daß etwas Besonderes hier mit im Spiele
sein müsse, war ihr außer Zweifel; daß die neuliche
geheime Unterredung des Pater Guardian und ihres
Oheims damit zusammenhänge, schien ihr möglich, aber
sie vermochte sich nicht zu erklären, wie Doctor Anselmus es sollte dahin gebracht haben, den jungen Novizen auf immer von ihren Zellen zu verbannen.

Drittes Kapitel.

Doctor Anselmus hatte bereits wenigstens für einige Stunden des Tags wieder zu seiner Arbeit greifen dürfen und hatte denn auch seine Abhandlung über die Schachfiguren sowie seine Erzählung in neuen Angriff genommen; freilich fühlte er sich, besonders wenn er in seinem Eifer des Guten zu viel gethan, gegen Abend so abgespannt, daß er zeitig genug sein Lager suchen mußte, um sich alsbann bis in den hellen Morgen hinein des erquickendsten Schlafs zu erfreuen.

Einmal hatte er sich früher noch, als er sonst gethan, in die Kissen vergraben, und Dora zögerte nicht, zu dem Fenster, von dem ihr Oheim sie über Tage nach Möglichkeit fern hielt, zu eilen und sich des schon so oft genossenen Blicks in den grünen, stillen, dämmerig

4*

daliegenden Thalgrund zu erfreuen. Noch humpelte der gutmüthige Laienbruder dienſteifrig über den Hof, und von der Seite her verkündete ein dumpfes Rollen, daß auch die Patres noch nicht ihre Zellen aufgeſucht hatten.

Plötzlich erblickte ſie Frater Heinrich, der, nachdem er rechts und links ſpähend umhergeblickt, raſch auf ihr Fenſter zuſchritt und unter demſelben, jenſeits des Weihers, ſtehen blieb.

Dora erſchrak nicht wenig über ſeinen unerwarteten Anblick.

„Guten Abend, Theodor“, rief es halblaut herauf. „Was macht Ihr Oheim?“

„Ich danke“, rief Dora mit ebenſo verhaltener Stimme und voll Angſt, dennoch gehört zu werden, „er befindet ſich beſſer.“

„Wacht er noch?“

„Nein, er iſt bereits zu Bette gegangen.“

„Dann bitte ich Sie,“ rief der Novize, „kommen Sie nur einen Augenblick auf den Corridor; ich werde ſogleich bei Ihnen ſein.“

Was ſollte Dora machen?

Nach nur ganz kurzem Zaudern ſchlüpfte ſie zur Thür hinaus, wo ihr denn auch gleich darauf Frater Heinrich entgegentrat.

Beide standen im Dunkel. Hier, in den innern Räumen des Klosters, war die Nacht bereits angebrochen.

„Endlich sehe ich Sie wieder", rief der Novize und schüttelte Dora herzlich die ihm halb dargebotene Hand. „Aber nun rasch — denn wir haben keine Zeit zu verlieren — sagen Sie mir: Was ist eigentlich vor= gefallen? Was haben Sie gegen mich?"

„Ich?" fragte Dora erstaunt entgegen. „Ich gegen Sie? Nicht das Geringste. Wie kommen Sie darauf?"

„Oder besser", fiel Frater Heinrich ein, „was hat Ihr Oheim gegen mich?"

Das hätte nun Dora dem jungen Mönch allerdings auf das genaueste auseinandersetzen können, doch war ihr nicht zu verargen, wenn sie darauf verzichtete und vielmehr mit der Gegenfrage antwortete:

„Was bringt Sie zu solcher Annahme?"

„Sie werden doch wissen", rief der Novize, „daß sich Ihr Oheim für alle Zeiten meinen Besuch ver= beten hat?"

„Deswegen ließen Sie sich so lange nicht mehr bei uns sehen?" rief Dora fast freudig, da sie nun hörte, daß es nicht des Fraters Eigenwille war, der ihn fern gehalten hatte. „Kein Wort wußte ich davon."

„Das ist doch eigenthümlich", sagte der Mönch. „Dann werden Sie mir freilich auch die Erklärung

seiner Handlungsweise schuldig bleiben müssen. Hören
Sie nur. An dem Morgen, welcher der plötzlichen
Erkrankung Ihres Oheims folgte, ließ mich der Pater
Guardian rufen und erklärte mir in sehr aufgebrachter
Weise, daß Doctor Anselmus sich, wenigstens solange
er krank sei, meinen Besuch verbeten habe. Ich war
wie vom Donner gerührt und erlaubte mir die Frage,
was den von mir so hochverehrten Mann zu einem
so überraschenden Verlangen veranlaßt habe. Gerade
um diesen Grund zu erfahren, entgegnete mir der
Pater Guardian, gerade darum habe er mich kommen
lassen. Denn es sei klar, daß ich mir irgend eine
Rücksichtslosigkeit müsse erlaubt haben, durch die Doctor
Anselmus zu einem solchen Vorgehen sich gezwungen
glaubte. Ich versicherte und betheuerte mit allen möglichen Worten meine Unschuld — umsonst, ich sollte
um jeden Preis der Schuldige bleiben. Endlich meinte
ich, Doctor Anselmus müsse doch selbst irgend ein
Motiv angegeben haben, da er den Pater Guardian
bat, mich von seinem Wunsche zu unterrichten. Ja,
hieß es, das hat Doctor Anselmus allerdings. — Und
das ist? — Er verspüre, sagte er, wie das häufig
unter Menschen vorkomme, einen besondern Grad von
Abneigung gegen mich, einen sehr lebhaften Widerwillen, den er nicht zu besiegen vermöge und der ihm

gerade jetzt bei seiner krankhaften Reizbarkeit doppelt
unangenehm, ja vielleicht seiner raschern Genesung hin=
derlich sei. Als ich dies hörte, hätte ich laut auflachen
mögen, wenn mich die strenge Amtsmiene meines Vor=
gesetzten nicht gewarnt hätte. Ich wagte nur die
schüchterne Bemerkung, daß ich diesen Grund unmöglich
als den wahren könne gelten lassen, sintemalen ich bis
jetzt wenigstens, soviel mir bewußt, von dem Unglück
verschont geblieben sei, irgend Jemand einen so hefti=
gen Widerwillen einzuflößen, wie Doctor Anselmus
gegen mich zu empfinden behaupte.

„Das glaube ich eben auch", rief der Pater Guar=
dian, „und darum muß von Ihrer Seite irgend etwas
begangen worden sein, das Doctor Anselmus aus Rück=
sicht für Sie verschweigt und Sie nicht gestehen.
Wie dem sei", fuhr er fort, „ich bin sehr unge=
halten über Sie und bedauere es lebhaft, daß Sie, der
nach der Ehre geizt, binnen kurzer Zeit in unsern
ehrwürdigen Orden aufgenommen zu werden, daß Sie
es gerade sein müssen, der einem so edlen und be=
rühmten Manne, wie unser ehrenwerther Gast Doctor
Anselmus ist, zum ersten Steine des Anstoßes hier
wird. Gehen Sie, mein Sohn, und thun Sie Buße."
Ich ging. Buße konnte ich leider nicht thun, denn ich

wußte nicht wofür. Aber nun sagen Sie mir um
Gotteswillen, Theodor, was soll das Alles heißen?"

„Ich habe keine Ahnung", sagte Dora verlegen.

„Ich werde", fuhr Frater Heinrich fort, „seit jener
Zeit von meinen Brüdern in Christo scheel angesehen,
der Pater Guardian, früher mein bester väterlicher
Freund, gönnt mir kein wohlwollendes Wort mehr,
Pater Nikomedes behandelt mich wie ein räubiges
Schaf und hält mir langathmige Vorträge über die
Pflichten des heiligen Gehorsams, Sie bekomme ich
auch nicht mehr zu Gesicht — was soll das Alles?
Was hat man vor? Was will Ihr Oheim von
mir?"

„Beruhigen Sie sich", antwortete Dora, „und glauben Sie mir, es waltet hier ein Mißverständniß, das
sich gewiß noch aufklären wird."

„Es muß sich aufklären", rief der Novize, „und
wenn ich von Ihrem Oheim selber eine Erklärung for-
dern müßte."

„Das thun Sie nicht", fiel Dora erschrocken ein,
„wenigstens jetzt nicht!"

„Nein, nein", lachte der Frater, „seien Sie außer
Sorge. Im Kloster betreibt man dergleichen gelinde
und ich lasse mir gern Zeit, mich noch in Demuth
und Gehorsam zu stärken, so weh es mir auch thut,

von einem Manne, wie Ihr Oheim ist, verkannt zu sein. Aber auch Sie bleiben verschwunden."

„Sie wissen", rechtfertigte sich Dora, „die Pflege meines Oheims nimmt meine ganze Zeit in Anspruch."

„Ach ja", lachte der Frater wieder und konnte glücklicherweise in der Dunkelheit nicht sehen, wie er Dora erröthen machte; „die Pflege, zu der sich der Herr Student so vorzüglich qualificirt! Nun, also haben wenigstens Sie mich noch nicht verbannt und verfemt?"

„Nein, ich gewiß nicht", rief Dora und reichte dem Novizen fast zu lebhaft die Hand, die dieser warm schüttelte, als unten in der Nacht des Thorbogens vom Weiher her Windlichter aufleuchteten.

„Die Patres!" rief halblaut Frater Heinrich, der noch immer Dora's Hand hielt. „Gute Nacht! Auf Wiedersehen!"

„Gute Nacht! Gute Nacht!" flüsterte es und im Nu war Dora verschwunden.

Frater Heinrich aber, statt gleich ihr davonzueilen, blieb wie vom Blitze getroffen und rief, die Hand vor die Stirn pressend:

„Was war das? Welcher Ton! Welche Stimme!"

Einen, zwei Augenblicke stand er so, eine Fülle von Vorstellungen jagte durch sein glühendes Haupt; plötzlich fuhr er, wie von einem glücklichen Gedanken durch-

zuckt, in die Höhe und rief, beide Arme in die Luft
gebreitet:

„Ich hab' es, ich hab' es! Jetzt weiß ich auch,
warum Doctor Anselmus einen solchen Widerwillen
gegen mich hat!"

Dora war indessen nicht wenig über ihren Oheim
aufgebracht. Dem Frater Heinrich das Zimmer zu
verbieten! Sie wollte davon gar nicht reden, daß sie
in solcher barbarischen Handlungsweise wenig von jener
Liebe zu entdecken vermöge, die Alles umschließe und
Alles durchdringe und in deren Besitz zu sein sich Doctor Anselmus kürzlich erst gerühmt hatte. Sie fand
es nur rücksichtslos und unverantwortlich, Frater Heinrich, der doch an Allem so unschuldig und in Allem so
unwissend war als nur möglich, vor den übrigen Be-
wohnern des Klosters, vor dem Pater Guardian und
dann gar vor diesem zelotischen Pater Nikomedes in
solchem Grade bloßzustellen, als es geschehen war.
Frater Heinrich mußte büßen für etwas, wovon er
nicht einmal eine Ahnung hatte, er mußte das Opfer
sein für etwas, dessen Schuld man höchstens Dora zu-
schieben durfte; er mußte dulden für etwas, wofür man
viel eher noch den Doctor Anselmus selbst hätte zur
Rechenschaft ziehen müssen. Dora seufzte.

Sie hatte ihn vorhin, das heißt in ihrem Selbst-

gespräche, an Allem so unschuldig und in Allem so
unwissend genannt. Unschuldig? Ja, das war er; unwissend? Dora ahnte nicht, wie der Novize eben in
seiner Zelle bemüht war, in der größten Aufregung
und fieberhaft alle seine Begegnungen mit ihr an seiner
Seele vorübergleiten zu lassen, und wie er mit allem
Scharfsinn auf jener Fährte glücklich weiter zu spüren
trachtete, auf die ihn Dora's eigene Unvorsichtigkeit
geleitet hatte. Es waren nur zwei Worte, die den Ver-
rath an Dora geübt hatten; aber diese waren so zart,
so weich geflüstert worden, daß eine Täuschung ferner
unmöglich war.

Julia konnte von ihrem Balkon herunter dem da-
voneilenden Romeo nicht mit größerer Anmuth und
Innigkeit gute Nacht nachgerufen haben, als es Dora
dem Novizen gethan, in dessen Seele wie mit einem
Schlage Licht und Helle geflutet war. Nun stand jener
Traum wieder klar und so leicht erklärlich vor ihm,
nun erinnerte er sich auch wieder der eigenthümlichen,
sonderbaren Sätze, die Doctor Anselmus in seinem
Fieberparorysmus herausgestoßen und die seine Nichte
in so sichtbare Verwirrung gebracht hatten; nun wußte
er auch, warum Doctor Anselmus seine Besuche fern
zu halten suchte. Wie leicht endlich war nun die so
ganz absonderliche Fertigkeit im Bohnenschneiden zu

erklären, der nassen Umschläge gar nicht zu gedenken.

Wie leicht — doch der Frater rief seinen sich über-
stürzenden Beweissätzen ein lautes Halt zu. Sie führ-
ten ihn alle zum gewünschten Ziele, aber gerade das
machte ihn mißtrauisch. Sollte, fragte er sich jetzt,
überhaupt etwas so Unerhörtes möglich sein? Durfte
denn ein solches Wagniß in einem Kloster unternom-
men werden? Und war denn gerade Doctor Anselmus
der Mann, dem dergleichen zuzutrauen gewesen wäre?
Doctor Anselmus, der Privatgelehrte, der Stubenhocker,
der nervenleidende Poet! Nimmermehr! Und dann,
sollte denn er, der Frater Heinrich, allein Augen haben?
Sollte er allein sehen und 'das, was er entdeckt
und ausgespürt haben wollte, sollte das allen andern
ehrwürdigen Vätern verborgen geblieben sein? Allen
Vätern, unter denen doch einige nicht zu unterschätzende
Schlauköpfe waren?

Wieder drehte sich Alles um Frater Heinrich im
Kreise, es war ihm unmöglich, festen Boden zu fassen.
Jedenfalls schien es der Mühe werth, der Sache auf
den Grund zu kommen, und die Gelegenheit, dies zu
thun, ergab sich bald genug, freilich nicht ohne daß
Frater Heinrich dazu beigetragen hätte, was ihm möglich war.

Es waren seit dem eben Erzählten fünf lange Tage
verstrichen, die der Novize vergeblich benutzt hatte, sei=
nem Geheimnisse näher zu kommen. Vergeblich war
er, so oft es unbemerkt geschehen konnte, durch den
äußern Hof gestrichen, in den hinaus Dora's Fenster
ging; vergeblich hatte er zu jeder Zeit des Tages
den Garten nach dem zweideutigen Neffen des Doctor
Anselmus durchforscht, vergeblich hatte er auch den
einfältigen Laienbruder nach dem Befinden der beiden
Gäste ausgefragt. „Es geht ihnen gut", war die ein=
zige, gleichlautende, von seinem stereotypen Lächeln
begleitete Antwort gewesen, die den Novizen fast zur
Verzweiflung brachte.

War es ihm zu verargen? Scholastik studiren und
Predigten memoriren, Kirchengeschichte treiben und
Dogmatik einpauken, zur Hora gehen, die Messe nicht
versäumen und der Vesper beiwohnen, endlich beichten,
beten, psalmiren und fasten — das Alles und noch ein
solches Geheimniß auf dem Herzen? Ein Geheimniß,
dessen alleiniger Besitzer man ist? Ein Geheimniß, wie
es noch nie dagewesen? Frater Heinrich drohte in des
Doctor Anselmus gewohnten Nervenzustand zu ge=
rathen, wenn das Geheimniß noch länger Geheimniß
bleiben sollte.

In diesen Tagen wurde in der benachbarten Stadt

das dreihundertjährige Gründungsjubiläum der dorti=
gen Stiftskirche gefeiert. Um das Fest in vollendeter
Pracht zu begehen und um den möglichsten Glanz der
triumphirenden katholischen Kirche zu entfalten, war
die gesammte Geistlichkeit auf viele Stunden im Um=
kreise entboten worden, und da selbst der Bischof der
Provinz seine Theilnahme zugesagt und sogar das
Festamt zu celebriren sich bereit erklärt hatte, so blieb
auch dem ganzen 'andern hohen und niedern Klerus
nichts übrig, als in den schönsten goldschweren Ge=
wändern, mit wehenden Fahnen und schimmernden
Bannern seine Mitwirkung an Gottesdienst und Pro=
cession zu versprechen.

Auch der Pater Guardian hatte die bezügliche Ein=
ladung erhalten und für sich und die sämmtlichen An=
gehörigen seines Klosters angenommen. Es sollten nur
so viele Geistliche zurückbleiben, als die kirchlichen Ver=
richtungen erheischten, und auch dazu waren die älte=
sten der Conventualen ausgesucht worden, denen man
bei der sich allmälig einstellenden Gebrechlichkeit we=
niger die Anstrengungen einer Procession und die damit
zusammenhängenden Mühseligkeiten zumuthen konnte.
Dora hatte schon mehrere Tage von der bevorstehenden
Feierlichkeit sprechen hören und sie empfand keine ge=
ringe Freude, als am Vorabend der Pater Guardian

sich von ihrem Oheim verabschiedete und als sie wenige
Minuten darauf fünf geschlossene Chaisen, von kräf=
tigen Bauerpferden gezogen, durch den Klosterhof
hinaus auf die Straße und gegen die Stadt rollen
sah. Denn nun durfte sie doch hoffen, wenigstens für
einen Tag aus ihrem Gefängnisse entlassen zu werden.
Doctor Anselmus verließ nämlich seine Zelle noch
immer nicht, aber er hielt dort auch Dora noch immer
in strenger Haft. Wohl hatte der Arzt, der noch dann
und wann bei Doctor Anselmus seinen Besuch ab=
stattete, auf das etwas bleichere Aussehen des jungen
Studenten aufmerksam gemacht; ihr Oheim aber hatte
sie getröstet und ihr die feierliche Versicherung gegeben,
daß sie das Kloster, sobald er nur mit seinen Arbeiten
zu Ende sei, gewiß verlassen würden. Wann aber
wurde Doctor Anselmus mit seinen Arbeiten fertig?
Zwar die Abhandlung über die Schachfiguren neigte
sich bereits ihrem Abschlusse zu und schon hatte er dem
Pater Guardian, der einige geheimnißvolle Andeutungen
von ihm erhalten, versprechen müssen, sie in möglichst
kurzer Frist den Conventualen zum Vortrag zu bringen.
Aber die Erzählung, die Erzählung! Es war beschä=
mend einzugestehen, die dreihundertjährige Geschichte
war noch immer nicht über das vierte Kapitel hinaus=
gediehen. Ja, wenn man es genau nahm, so war

eigentlich dieses vierte Kapitel noch gar nicht geschrieben, indem das dritte mit den vorbereitenden, span-
nenden Worten schloß: „Und das kam so." Dann
waren als Ueberschrift die Worte zu lesen: „Viertes
Kapitel", und diesen folgte auf der nächsten Zeile das
Wort: „Nämlich —" Damit hörte der Text des vierten
Kapitels auf. Nämlich! Man mußte zugeben, daß
dieses Wort einen sehr guten Introitus, zu deutsch
Eingang bildete, und es war nicht zu leugnen, daß in
diesen zwei stolzen Silben der ganze Inhalt desjenigen,
was nun noch kommen sollte, enthalten war und vor-
geahnt werden konnte. Doctor Anselmus sprach sich
diese beiden Silben auch mit jenem schriftstellerischen
Selbstbewußtsein, ohne das noch nie etwas Großes
geschaffen worden ist, und mit jenem Aplomb, der ihn
sehr gut kleidete, öfter laut war. „Nämlich — nämlich." Aber damit hatte eben bis jetzt Alles noch sein
Ende gehabt, und das war verdrießlich. Daß nun
das vierte Kapitel noch nicht weiter gefördert war,
das wußte der Autor durch verschiedene Umstände zu
rechtfertigen. An dem einen Morgen war es eine
Wespe gewesen, die summend und brummend zum Fenster herein geraden Wegs auf den nervenschwachen Gelehrten zuflog, daß dieser noch in der Nachmittagsstunde
am ganzen Körper vor Erregung zitterte; an einem

Abend wieder war es der Laienbruder, der drüben im
Stall eine Melkkuh mit all zu vielem Geräusch von
ihrem gesegneten Ueberflusse befreite; ein drittes Mal
war es Dora, die mit einer für ihn beleidigend heitern
Miene durch seine Zimmer schritt, und einmal auch war
es die fixe Idee, die ihn plötzlich überfiel und mehrere
Tage in angstvoller Spannung hielt, ob nicht das ganze
Kloster in einer schönen Nacht mit Mann und Maus
spurlos im Weiher versinken könne, daß die erstaunte
Welt am nächsten Morgen schreiend herumstehe und
doch keine Ahnung habe, daß hier in den Wellen auch
der berühmte Schriftsteller Doctor Anselmus sammt
dem deutschen Urschachspiel begraben liege. Dieser Gedanke beunruhigte ihn am meisten, er beunruhigte ihn
so, daß er sich's mehrere Stunden kosten ließ, von der
Höhe seines Fensters herab in die grünen Wogen zu
spähen, die da unten den Mauerstock rauschend bespülten.
Endlich, da er den Bau noch fest, die Steine noch
dauerhaft genug befand, gelang es ihm, die beruhi-
gende Ueberzeugung zu gewinnen, daß ihm die Götter
doch voraussichtlich noch vergönnen würden, seine
Abhandlung über die Schachfiguren zu vollenden; aber
das vierte Kapitel der Erzählung, das er unglück-
licherweise gerade in jenen Stunden der Aufregung
und Angst hatte schreiben wollen, blieb ein Bruchstück,

ein Torso, ein Fragment, das im Kloster leider auch
nicht mehr zu Ende gebracht werden sollte. Und das
kam so.

Nämlich:

Es ist schon hervorgehoben worden, daß Dora kaum
die Stunde erwarten konnte, da ihr die Aussicht näher
gerückt war, den Garten wieder betreten zu dürfen.
Durfte sie auch nicht hoffen, dort Frater Heinrich zu
begegnen, so war es ihr doch schon erfreulich und sie
wollte sich daran genügen lassen, nur wieder in der
Laube sitzen und dort, umschattet und verborgen
vom Rebenlaub, in der Einsamkeit an den Fernen denken zu können.

Der hartherzige Doctor Anselmus war jedoch lange
nicht geneigt, ihren Bitten und Bestürmungen Gehör
zu geben. Sein Mißtrauen war zu groß, seine Aengstlichkeit zu lebhaft. Eben, es war um die Mittagszeit,
hatte Dora wieder an sein verschlossenes, eigensinniges
Herz gepocht, als der Laienbruder mit den Speisen
eintrat.

„Das Kloster ist heute wie ausgestorben", sagte
Doctor Anselmus zu diesem.

„Wie ausgestorben", entgegnete der Gefragte.

„Die hochwürdigen Väter sind alle zur Stadt?"

„Alle zur Stadt."

„Auch der Pater Guardian?"

„Auch der hochwürdige Pater Guardian."

„Auch der Frater Heinrich?"

Dora stand hinter ihrem Oheim und nickte über dessen Rücken dem Laienbruder lebhaft zu, nur um Gottes willen rasch ja zu sagen.

Ueber das Gesicht des Gefragten flog wegen solcher ihm unverständlichen Heimlichkeiten das gewohnte, stumpfe Lächeln und er antwortete, Dora freundlich zugrinsend:

„Auch der Frater Heinrich."

„So, so", entgegnete Doctor Anselmus zufrieden=gestellt und entließ mit gnädiger Handbewegung den einfältigen Laienbruder.

„Nun?" sagte Dora, als sich die Thür hinter jenem geschlossen.

„In Gottes Namen", fuhr Doctor Anselmus in einem Tone heraus, der deutlich bewies, daß es ihm doch am liebsten gewesen wäre, wenn seine Nichte nicht auf ihrem Verlangen bestanden hätte. „Geh, aber dann gleich nach dem Essen; ich habe auf diese Weise wenigstens den Vortheil, mein Mittagsschläfchen wieder einmal in gewohnter Ruhe halten zu können."

Dora ließ sich das nicht zweimal sagen; ihr Oheim hatte kaum den Löffel weggelegt und durch wieder=holtes Dehnen und Strecken seiner schlanken Glieder angezeigt, daß er willens sei, dem Schlummergotte unverzüglich das gewohnte Opfer zu bringen, als sie aufsprang und flüchtigen Fußes hinab in den Garten zur Laube eilte. Dort saß sie lange, den Kopf in die Hand gestützt und ihr junges Herz mit den schönsten Träumen und Vorstellungen beschäftigend. Wieder dachte sie Alles und Jedes durch, was Frater Heinrich mit ihr gesprochen und ihr erzählt hatte; sie litt mit ihm noch einmal Alles, was er unschuldig gelitten und getragen, und indem ein glückliches Lächeln über ihr Antlitz glitt, sagte sie sich, daß sie eigentlich gern bereit wäre, den Frater Heinrich das Geschehene vergessen zu machen und ihn mit sich selbst und der Welt wieder zu versöhnen. Ja, sie meinte in ihrer übermüthigen Weise, daß sie, ohne sich zu schmeicheln, wohl am allererersten dazu geeignet und hinsichtlich ihrer nicht ganz unbedeutenden körperlichen, sowie der doch auch nicht geradehin zu verachtenden geistigen Vorzüge dazu befähigt sei, als sie sich plötzlich in ihrem kühnen Ideenflug unterbrach und sich selbst wieder eine Närrin schalt. Was ging sie Frater Heinrich an? War er nicht im Kloster? Wollte er nicht in wenigen Monaten sich der alleinseligmachenden Kirche verloben? Was hatte sie sich dann noch um seine Seligkeit zu kümmern? Ja, wenn man es genau nahm, hatte sie nicht einmal ein Recht zu solchen Träumereien und Vorstellungen, und je eher sie denselben ein Ende machte, desto eher that sie, was Recht und Pflicht war. Aber ein freundliches Gedenken an den jungen Mönch durfte sie doch aus dem Kloster Fünfzehnheiligen mit hinwegnehmen? Oder wäre auch das eine Sünde? Der Ernst der vorhin ihre Stirn umwölkt hatte, verschwand wieder und sie griff nach einem der neben ihr in der Ecke aufgehäuften, zum Anbinden junger Pflanzen und Schößlinge bestimmten Holzstäbe. Mit diesem begann sie, den Oberkörper herabgeneigt, in den Sand vor sich zu zeichnen. Es waren lateinische Lettern, die sie langsam und mit sorgfältiger Hand in den Boden grub, bald hier wieder auswischend, bald dort nachhelfend, und wenn man die Lettern, nachdem sie geendet und zufrieden ihre Arbeit betrachtete, zusammenfügte, so war nicht unschwer zu errathen, was sie sollten. Auf dem Boden stand

HEINRICH.

In diesem Augenblicke rauschte es hinter ihr im Laube, sie drehte sich erschrocken um und sah vor sich den jungen Novizen Frater Heinrich, den sie weit entfernt geglaubt und mit dessen Namen sie den Boden der Laube geschmückt hatte.

Ein jäher Schrei entfuhr ihren Lippen und ihr

nächster Gedanke war, die verrätherischen Lettern mit dem Fuße zu zerstören und zu entfliehen. Sie wollte aufspringen, aber schon hatte Frater Heinrich sie mit einem Arme umfaßt und rief, indem er sie nach rück= wärts zog und, sich neben ihr niederlassend, ihr in Scham erglühendes Haupt, das sie umsonst mit beiden Händen zu verhüllen suchte, aufzurichten sich bemühte:

„Bleiben Sie, bleiben Sie, Sie sind nicht, was Sie scheinen."

„Um des Himmels willen, lassen Sie mich", stöhnte Dora, indem sie sich fruchtlos aus der Umarmung los= zureißen strebte.

„Nicht, bevor Sie sagen, wer Sie sind", preßte der Novize hervor und sein heißer Athem schlug in Dora's mit purpurnem Roth übergossenes Antlitz.

„Schonen Sie mich", flehte diese, ihr Gesicht ab= wendend und mit ihren schwachen Händen des Fraters sie umklammernden Arm auf die Seite zu drücken bemüht.

„O", fuhr der Novize hastig fort, „ich habe längst Ihr Geheimniß geahnt und ich halte Sie, bis Sie mir gestanden haben."

„Sie täuschen sich", hauchte Dora, der die Sinne zu vergehen drohten.

„Ich täusche mich?" rief Frater Heinrich erregt.

„Und ich höre doch Ihre Stimme, die Stimme eines flehenden Weibes, ich halte Sie umschlungen, den schönsten jugendlichen Leib."

„Um Gottes willen", flehte Dora.

„Und hier? Lese ich nicht hier meinen Namen? Meinen Namen, von Ihnen geschrieben? Nein, ich täusche mich nicht, ich —"

Er preßte ungestüm Dora an sich und bedeckte mit glühenden Küssen deren erbleichende Lippen.

Erst als er gar keinen Widerstand spürte, erst als er fühlte, daß er eine nahezu Ohnmächtige umschlungen hielt, kam er aus dem jähen Rausche, der ihn erfaßt hatte, zur Besinnung und ließ das zitternde Mädchen aus seinen Armen.

Schweigend, in sich zusammengeknickt, starr vor sich hinsehend, saß Dora da.

„Verzeihung", flehte der Novize nun, „Verzeihung", und faßte ihre Hand, die schlaff herunterhing und jetzt ohne Widerstreben, wie unbewußt in der seinigen ruhte.

„Verzeihen Sie mir", wiederholte der Novize mit weicher, flehender Stimme. Ein Strom von Thränen, der die angstbestürmte, schmerzgepreßte Brust Dora's erleichterte, war die Antwort.

Mit allen möglichen schmeichelnden, versöhnenden

Worten suchte ihr Frater Heinrich Muth einzusprechen, aber so sehr er bat, kein Laut, kein Wort kam über die Lippen des Mädchens, und wohl oder übel mußte er sich gedulden, bis der Weinkrampf, der ihren Körper durchschütterte, sich in ein stilles, ihm in die Seele schneidendes Schluchzen auflöste.

„Habe ich etwas Unrechtes gethan?" sagte nun der Novize. „Habe ich Sie beleidigt? Habe ich Sie verletzt? Auf den Knieen will ich dann vor Ihnen liegen, bis ich ein verzeihendes Wort von Ihnen erlangt habe. Hören Sie mich wenigstens an! Wie ich Ihnen schon sagte, ahnte ich längst das Geheimniß, in das Sie sich gehüllt haben. Wie ich darauf kam, das zu sagen bin ich nicht im Stande. Ich hatte von Ihnen, von Ihrem ganzen Sein, von Ihrem ganzen Wesen einen Eindruck empfangen, den ich mir nicht zu deuten vermochte und den ich doch täglich stärker auf mich wirken sah. Ihr Bild verfolgte mich Tag und Nacht; ich hörte immer und immer, auch wenn Sie mir fern waren, Ihre liebe Stimme, die so tief mir zum Herzen gedrungen war, und bei Nacht stand Ihr Bild im Traume vor meiner ruhelosen Seele. Sie übten einen Zauber auf mich aus, dem ich mich nicht zu entziehen vermochte und dessen himmlische Gewalt ich doch jetzt erst am meisten empfinden muß, da der Schleier, der

Sie umgab, gefallen ist und ich Sie in Ihrer wirkli=
chen Gestalt, in Ihrer ganzen Schönheit zu ahnen
vermag. Kann das Zufall gewesen sein, daß ich gerade
zu Ihnen das Vertrauen gefaßt habe, das mich Ihnen
mein ganzes Leben erzählen und Sie einen Blick in
die Tiefe meines Herzens thun ließ? Es war eine
noch unverstandene Macht, die mich zu Ihnen trieb,
und wahrhaftig, ich will meine Offenheit nicht bereuen,
wenn ich durch dieselbe das zu erlangen hoffen darf,
daß Sie mich gerecht beurtheilen. Darum sprechen Sie
nur ein einziges Wort der Verzeihung, sagen Sie, daß
Sie mir nicht zürnen."

Der Novize drückte lebhaft Dora's Hand, diese
aber schwieg noch immer, den Blick zu Boden gesenkt,
und nur das Wogen ihrer Brust verrieth die Auf=
regung, der sie anheim gegeben war.

„Ich weiß nicht, wie ich Sie nennen soll", fuhr
Frater Heinrich wieder fort, „ich weiß nicht, welchen
Namen ich Ihnen geben soll, ich ahne nur, daß der
Name, den Ihr Oheim meist in seinem Fieber nannte,
der Ihrige sein könne, aber ich möchte Sie gern mit
allen Namen nennen, welche die Zärtlichkeit erfunden
und von jeher gesprochen hat. Ich möchte Ihnen
sagen, daß der Gedanke, Ihnen nahe zu sein, Ihre
Hand fassen zu können, in Ihre Augen sehen zu

dürfen, das trübe Meer, das ich bisher endlos vor mir
ausgebreitet sah, hat verschwinden machen, und daß ich
nun in eine neue Zukunft blicke, daß ich nun eine neue
Welt vor mir sehe, blumen= und blütenreich und nur
zum Beglücken bestimmt."

Dora zuckte leicht mit der Hand, wie wenn sie ihm
diese entziehen wolle.

„Sie sind", fuhr der Novize bringender fort, „mir
der Stern, der mir einen neuen Tag verheißt und
her*aufführt; oder wollen Sie nur der Engel sein, der
in irdischen Kleidern die Erde durchwandert und dann,
nachdem er, rings segnend und glückspendend, seinen
göttlichen Ursprung verrathen, die falsche Hülle abstreift
und im weißen Gewande, mit goldenen Flügeln sich
zum Himmel schwingt, 'nur Trauer und Sehnsucht bei
den armen Verwaisten zurücklassend? Nein, das können Sie nicht wollen, nein, das kann Ihre Absicht
nicht sein, und darum sagen Sie mir, daß Sie mir
nicht zürnen, daß Sie mir verzeihen, daß — daß Sie
mich lieb haben."

Mit diesen Worte faßte er Dora sanft unter dem
Kinn und hob ihr Haupt in die Höhe, daß sie die
großen, dunklen Augen aufschlagen und den ungestümen
Freier anschauen mußte. Und wie denn ein so voller
inniger Strahl aus ihrem Auge auf ihn fiel und wie

ein so leichtes glückliches Lächeln um ihre Lippen spielte,
da umarmte sie der Novize aufs neue im Uebermaße
seines Glücks und sprach, indem er sie küßte und ihr
schönes Haupt an seine Brust zog:

„Ja, Du bist mein und nichts soll uns mehr trennen."

Dora fühlte in süßem Schauer all das Glück und
all die Seligkeit einer jungen erwiderten Liebe trium=
phirend in ihr kleines Herz einziehen, als ihr schönes
Haupt an der Brust des jungen Novizen lag, und ge=
wiß war es nur die rauhe Wolle der für solche Vor=
kommnisse nicht berechneten Mönchskutte, die plötzlich fast
unsanft ihre erglühende Wange geritzt haben mochte
und sie das verschämte Antlitz wieder in die Höhe
heben ließ.

Sie mochte darin eine Warnung des Himmels sehen,
denn sie sagte, indem sie ihre treuen Augen zu ihm auf=
schlug: „Ich that gewiß ein großes Unrecht, daß ich
mich so von Ihnen überraschen ließ; weiß ich's doch,
daß Sie mir nicht gehören dürfen, weil Sie —"

„Weil ich die Kapuze trage?" fiel der Frater Hein=
rich ein. „Trauen Sie mir nicht den Muth, trauen
Sie mir nicht die Kraft zu, die Fesseln zu brechen, die
mich schon allzu lange umstrickt hielten? Muß ich Sie
nicht vielmehr segnen, daß Sie mir mit einem Schlage
die gräßliche Wahrheit enthüllt haben, wie unsaglich

unglücklich ich hier an diesem freudelosen Ort der Entsagung geworden wäre? Und muß ich Ihnen nicht
danken, daß Sie mir den Weg zeigen, auf dem ich
alles verlorene Glück wiederzufinden vermag? Freilich nur mit Ihnen, nur durch Sie. Aber Du liebst
mich, Du hast es mir gestanden, ich durfte es erfahren
ohne mein Zuthun, ohne mein Drängen — welche Pflicht
kennen wir noch, als die, die Liebe allmächtig und
segensreich zu machen, in der sich unsere Herzen gefunden
haben?"

Wieder faßte der Novize die Hände des Mädchens
und führte sie an seine Lippen.

„Sie werden aber", entgegnete Dora schüchtern,
„schlimm von mir denken. Sie werden mich, wenn
auch jetzt nicht im Taumel des Augenblicks, doch später
für leichtfertig halten, wenn Sie ruhiger und besonnener
an die seltsamen Umstände zurückdenken, unter denen
Sie mich gefunden und kennen gelernt haben."

„Wie mögen Sie also sprechen!" rief der Novize.
„Oder glauben Sie wirklich, daß meine Liebe treuer
und dauernder gewesen sei, wenn ich Sie im Tanzsaal
oder in einer Kaffeevisite oder auf der Promenade hätte
kennen lernen, all den tausend Mädchen gleich, die unter
der Obhut zärtlicher Tanten und unter der Aufsicht
eifersüchtiger Vettern dort paradiren? Und stehe ich

nicht, was die Absonderlichkeit unserer Begegnung an=
langt, in demselben Verhältnisse zu Ihnen wie Sie zu
mir? Bin ich", fügte der Novize lächelnd bei, „nicht
auch verkleidet wie Sie, und trage ich nicht auch ein
Gewand, das jedem Andern mehr ziemen mag als mir?"

„Sie werden", fuhr Dora fort, „es unbegreiflich fin=
den, wie ich in dieser Maske hierher kommen konnte."

„Werde ich?" unterbrach sie Frater Heinrich in
munterem Tone. „Dann thun Sie am besten, mir zu
erzählen, wie das Alles kam. Glauben Sie mir, ich
bin sehr neugierig darauf. Ersparen Sie mir nicht die
geringste Einzelheit Ihres reizenden Abenteuers und
denken Sie immer daran, wie sehr ich an Allem In=
teresse nehmen muß, nachdem dadurch für mich eine so
unerwartete und bedeutsame Wendung in meinem Ge=
schicke herbeigeführt worden."

Dora erzählte erst stockend und befangen, bis sie
mehr und mehr in Fluß gerieth und endlich so aus=
führlich schilderte, daß dem Novizen wirklich nicht die
geringste Einzelheit erspart blieb.

„Das ist ja allerliebst", rief Frater Heinrich, die
Geliebte an sich ziehend, nachdem sie geendet. „Und
nun stellen Sie sich vor, wie köstlich es ist, an Ihren
griesgrämigen Oheim zu denken, der oben in seiner
Zelle den Schlaf des Gerechten schläft und keine

Ahnung davon hat, daß seine Nichte unterdeß in der Laube —"

„Woran erinnern Sie mich!" rief Dora aufspringend. „Wenn mein Oheim erwacht wäre!"

„Nur einen Augenblick noch, Dora", flehte der Novize, fest ihre Hände haltend.

„Nein, nein!"

„Eine Minute!"

„Es sei", gab Dora nach, „doch nur damit ich erfahre, wie es kam, daß Sie nicht mit dem Pater Guardian zur Stadt gefahren sind."

„Das ist sehr einfach", lachte der Gefragte. „Nachdem ich einmal eine Ahnung, ja fast die Ueberzeugung gewonnen hatte, daß der ehrenwerthe Doctor Anselmus von keinem Neffen begleitet sei, sondern uns im besten Falle eine Nichte in das Kloster eingeschmuggelt habe, fand ich es auch erklärlich, warum er mich aus seiner Nähe entfernt halten wollte. Sie haben ihm vermuthlich von meinem frühern Leben erzählt?"

Dora nickte bejahend.

„Sehen Sie! Nur dadurch ist er mißtrauisch geworden, und aus diesem Grunde suchte er jede Begegnung zwischen uns zu vermeiden."

Dora lächelte über den Scharfsinn des jungen Mönchs.

„Darum, schloß ich weiter, hielt er auch, was sonst unbegreiflich gewesen wäre, Sie mit solchem Starrsinn von dem Garten zurück, und eben darum, vermuthete ich endlich, werde er Ihnen den Spaziergang hierher nicht eher wieder gestatten, als bis er die Ueberzeugung gewonnen, daß meine Anwesenheit nicht zu fürchten sei. Nachdem ich mir dies Alles in der erwähnten Weise zurechtgelegt, blieb mir, wenn ich der Schlauheit Ihres Oheims die Spitze abbrechen wollte, nichts übrig, als eine günstige Gelegenheit abzuwarten, und die brachte der heutige Tag. Nachdem ich, um meine Täuschung wirksam zu machen, viel und voll freudiger Erwartung von der bevorstehenden Feier gesprochen hatte, sah ich mich gestern plötzlich kurz vor der Abreise von einem heftigen Unwohlsein überfallen, sobaß mich der Pater Guardian, so lebhaft ich mich auch dagegen sträubte, das hohe Kirchenfest zu versäumen, zum Zuhausebleiben verurtheilte. Ich hoffte, daß dieser Umstand Ihrem Oheim verborgen bleiben werde, und sah mich darin nicht getäuscht."

„Durch einen glücklichen Zwischenfall, den ich unbewußt herbeigeführt habe", lachte Dora.

„Selbstverständlich verließ ich meine Zelle nicht", fuhr der Novize fort, „wich aber heute auch nicht vom Fenster, jeden Augenblick Ihr Kommen erwartend Endlich — nun, das Uebrige wissen Sie."

„Ja", sagte Dora, „ich weiß Alles, und doch ist mir Alles wie ein Traum —"

„Dem", fiel der Novize schmeichelnd ein, „die schönste Wirklichkeit folgen muß. Glaubst Du nicht daran?"

Dora sah den Geliebten mit einem Blicke an, der ihn wohl überzeugen mochte, wie sehr sie wünschte, seinen frommen Glauben theilen zu können.

„Ich fliehe", sagte der Mönch, „sobald ich kann; noch weiß ich nicht wie, aber ich werde können. Und Dein Oheim? Sollte er uns etwas in den Weg legen?"

„Gewiß", sagte Dora traurig.

„Sein Widerstand wird zu brechen sein!" rief Frater Heinrich. „Und nun Geliebte, Schatz, Theuere, wann sehen wir uns wieder?"

„Ich weiß nicht", flüsterte Dora.

„Ich will morgen hier im Garten sein", sagte der Novize, „ich erwarte Dich. O komm, o komm, und wenn Du nicht kommst, so werde ich Dich übermorgen erwarten und am nächsten Tage und so fort und fort, bis Du gekommen bist und bis wir uns wieder gesprochen haben. Nicht wahr?"

„Ja", sagte Dora weich und reichte dem Novizen die Hand.

„Und nun —" sagte dieser lächelnd.

„Nun?" fragte diese.

„Zum Abschied?"

„Zum Abschied?" wiederholte Dora erröthend.

„Werde ich diese schönen Lippen nicht barmherzig finden?"

„Nein, nein!" lachte Dora zurückweichend und indem sie in ihrer ganzen schalkhaften Laune die beiden Hände wie abwehrend ausstreckte, „nein, nein, ehrwürdiger Bruder! Nicht, solange Sie noch die garstige Wollkutte tragen, die mich immer daran mahnt, daß ich eine Todsünde begehe und der heiligen Kirche ein Opfer abjagen will."

„Dora!" flehte der Novize.

„Nein, nein!" spottete das Mädchen.

„Auch nicht, damit ich, wenn Du fort bist, um so fester an mein Glück, an Deine Liebe, an unsere Zukunft glaube?"

Da beugte sie sich zum Geliebten, drückte ihm einen Kuß auf die Lippen und war, ehe sich jener recht besonnen, wie ein scheues Reh aus der Laube entflohen.

Der Mönch schaute ihr nach, wie sie durch den Garten und, ohne sich umzusehen, über die Brücke in das Kloster eilte.

Dann trat er an den Steintisch zurück und setzte sich auf die Bank, den Kopf nachdenklich in die Hand gestützt.

Er blickte zu Boden; sein Name war längst nicht mehr zu erkennen, längst zerstört und zertreten. Nach einer langen Weile aber stand er auf und murmelte, unbeugsame Entschlossenheit im Blick:

„Es muß gehen und wenn die heilige Kirche alle ihre Mächte gegen mich loslassen würde."

Dann nahm er langsam seinen Weg in das Kloster.

Viertes Kapitel.

Dora hatte ihren Oheim glücklich noch schlafend ge=
funden; so gewann sie Zeit, einigermaßen ihrer Be=
wegung Herr zu werden und das glühende Roth, das
noch auf ihren Wangen lag, sich abblassen zu lassen.
Zur Ruhe kam sie freilich noch lange nicht, denn in
ihr jubilirte und frohlockte es, daß sie die ganze Welt
hätte umarmen und einem Jeden sagen mögen, wie
glücklich sie sei. Die Freude, das Glück, das sie er=
füllte, hatte sie ordentlich verschönt, und wie viel rei=
zenber war ihre jugendliche, elastische Gestalt, ihr fein=
geschnittenes, von den dunkelbraunen Locken umrahm=
tes Antlitz mit der schönen, nicht zu hohen Stirn,
unter der nun die großen Augen so lebhaft glänzten.
Wie viel reizender war sie in der unter dem Zauber

der erften Liebe fich eben entfaltenden Jugendfchönheit, als jene welfche Sidonie, deren ftolze, vollaufgeblühte Pracht des Doctor Anfelmus Herz fo gefangen! Und trotzdem war Dora mit fich fehr unzufrieden. Wie fie, die Ereigniffe der letzten halben Stunde fich zurückrufend, haftig in ihrem Zimmer auf und ab fchritt, führte fie ihr Gang auch am Spiegel vorbei, der über ihrem Bette hing und in den ihr Blick durch einen unglücklichen Zufall fiel. Denn fo fehr fie fich bisher in ihrer Verkleidung gefallen und fo allerliebft fie fich in ihren falfchen Gewändern gefunden hatte, jetzt fagte fie fich, daß fie abfcheulich, unerträglich ausfehe. Sie fand den weiten Rock, in den fie ihre Geftalt geftedt hatte, gefchmacklos wie einen Sack; fie fagte fich, daß die Art und Weife, in der fie ihre Locken zurecht gekämmt habe, eine unverantwortliche und für ihre Erfcheinung nichts weniger als vortheilhafte fei, mit einem Worte, fie fand, es fei höchfte Zeit, wieder in die Frauenkleider zurückzukehren, doch dürfe fie hoffen, Frater Heinrich durch ihre Erfcheinung fo freudig zu erfchrecken, daß er fagen werde, der Engel habe nun allerdings fein fchönftes Gewand angelegt, aber glücklicherweife nur, um jetzt erft recht auf der Erde und bei ihm zu bleiben.

Sie lachte über ihren Gedanken hell auf und hatte

das Unglück, dadurch dem Schlafe ihres Oheims ein definitives Ende zu machen.

„Du scheinst wieder sehr lustig!" brummte jener aus seinem Zimmer herüber, indeß er sich lang und langsam vom Lager hob.

„Serrr", antwortete Dora in ihrer parodirenden Weise und eilte dann zu Doctor Anselmus, in dessen Zelle sie herumtanzte und in die Hände klatschend ausrief: „O Onkelchen, das Leben ist doch schön!"

„Es freut mich, wenn Du das findest", entgegnete Doctor Anselmus trocken und strich sich dabei die langen Haare über den Scheitel. „Wenn Du aber das nächste-Mal wieder so närrisch aus dem Garten zurückkommst, dürfte es doch besser sein, für die Zukunft diese Ausflüge ein= für allemal zu unterlassen."

„Nein, nein!" rief Dora, ihren Oheim stürmisch umarmend, „ich that ja nur so närrisch, Dir meine Dankbarkeit zu beweisen."

„Bitte, bitte", sagte Doctor Anselmus abwehrend; „Dankbarkeit ist eine schöne Pflicht, aber Verstand haben —"

„Ist noch schöner", lachte Dora. „Ich weiß schon, ich weiß schon. Darum will ich jetzt auch — ja, mein Gott, was soll ich jetzt anfangen, was soll ich thun, um wieder zu Verstand zu kommen?"

Bei diesen Worten drehte sie sich wie ein Kreisel auf ihren Fußspitzen herum, daß ihrem Oheim Hören und Sehen verging.

„Ich dächte", sagte dieser und bückte sich, unter dem Bette seine Pantoffeln hervorzuholen, „das Beste wäre, Du machtest Dich an die Arbeit, damit Du die Ab= schrift endlich fertig bekommst und wir bald das Klo= ster verlassen können."

„Wo mich doch keine Seele kennt?" lachte Dora, indem sie einen Augenblick ihre Balletübung unterbrach. Ein ernster Blick ihres Oheims mahnte sie noch zur rechten Zeit, das Zimmer zu verlassen, aber noch, da sie die Thür hinter sich geschlossen hatte, konnte man sie, nach irgend einer lustigen Melodie, den bekannten Reim aus dem alten Volksmärchen singen hören:

> „Das ist gut, daß Niemand weiß,
> Daß ich Rumpelstielchen heiß'."

Wer weiß, wie oft es ihr noch Spaß gemacht hätte, diese ebenso sinnigen als den Umständen angemessenen Worte zu wiederholen, wenn ihr Oheim sich nicht nach= drücklichst Ruhe ausgebeten hätte. Und schließlich war sie es doch selbst, die gleichfalls ihren Sinn bedeuten= dern Dingen zuzuwenden hatte. Denn was sollte aus allem dem werden?

Daß es dem Frater Heinrich gelingen werde, seine

Kapuze abzustreifen und sich aus der Todtenstille des
weltvergessenen Klosters hinaus in das frische, freie
Leben zu retten, daran zweifelte sie keinen Augenblick.
Sie stellte sich nur vor, wie sie selbst unter solchen Um=
ständen handeln würde. Es kam nur darauf an, zu
wollen. Und wollte Frater Heinrich? Eine Sekunde
lang floß ihr das Blut heiß zum Herzen und sie ge=
dachte der Schauspielerin, sie gedachte Marion's, die der
Novize zur Zeit seiner Erzählung offenbar noch nicht
ganz vergessen hatte. Ihre Besorgniß dauerte jedoch
nur einen Augenblick, dann schalt sie sich, daß ihr
Vertrauen zu dem Geliebten so schnell wankend gewor=
den war, sie schöpfte ihren Glauben aus dem reichen
Born ihrer eigenen Liebe und rechnete es vielmehr dem
Novizen zur Ehre, daß er kein böses Wort über Ma=
rion gesprochen und ihrer noch immer nur mit zärtli=
cher Verehrung gedacht hatte. Daraus war am ersten
zu erkennen, daß er wirklich und wahrhaftig geliebt
hatte, daß er einer wirklichen und wahrhaften Liebe
fähig war, und sollte sie, Dora, dem jungen Manne
durchaus einen Vorwurf machen, daß er vor ihr schon
geliebt hatte und glücklich gewesen war? Aber Doc=
tor Anselmus! Von diesem war der schlimmste Wider=
stand zu erwarten, und so waren es denn gar trau=
rige Betrachtungen, denen sich Dora in den nächsten

Tagen hingab, um so trauriger, als sie auch nicht ein
einziges Mal durch den Anblick oder durch den Besuch
des Frater Heinrich unterbrochen wurden. Am vierten
Tage endlich geschah es, daß ihr Oheim zum ersten
Male wieder zur Kegelbahn ging, nicht ohne vorsichtig
die Thür zu sperren, die sein Täubchen verwahrt
hielt, und nun lehnte Dora im Fenster, nur wenig aufmerksam auf die weiche Abendluft, die ihr durch die
Locken strich, wenig aufmerksam auf die Grille, die
drüben im Hofe zirpte, und nur ganz von dem Bilde
des Geliebten und von dem Gedanken an den Ersehn-
ten erfüllt. Da — die Nacht war schon ziemlich hereingebrochen und der Hof lag im Dunkel — näherte sich
eine Gestalt ihrem Fenster. Es war Heinrich.

Das Herz Dora's jubelte hoch auf und sie konnte
sich im ersten Sturm ihrer Freude nicht enthalten, mit
gepreßter Stimme hinunterzurufen:

„Endlich!"

„Ja, endlich!" war die Antwort, ebenso vorsichtig
geflüstert.

„Sie sind allein?"

„Ganz allein."

„Treten Sie einen Augenblick vom Fenster zurück!"

Obwohl Dora nicht wußte, was sie damit sollte,
that sie doch, wie ihr geheißen war. Da flog ein

Stein an ihrem Haupte vorbei und fiel dumpf auf den
Boden des Zimmers. Sie bückte sich rasch und fand
einen Brief, der daran befestigt war.

Als sie wieder an das Fenster trat, war der No=
vize schon in eilfertiger Flucht über den Hof begriffen
und gleich darauf im Dunkel der Nacht verschwunden.

Mit zitternden Händen machte sie Licht und las:
„Meine theure, geliebte Dora!

Dein Oheim scheint unsere Liebe und unsere Geduld
auf eine qualvolle Probe stellen zu wollen. Schon den
vierten Tag erwartete ich Dich heute im Garten mit
einer Sehnsucht, die verzehrend ist, und erwartete Dich
umsonst. Ich zweifle nicht daran, daß es der unbeug=
same Eigensinn Deines Oheims ist, der Dir das Kom=
men unmöglich macht. Meine Gedanken müßten Dich
sonst heranziehen und Dich zwingen, zu kommen, selbst
wenn Du nicht wolltest. Da nun dem launenhaften
Treiben Deines Oheims kein Ende abzusehen ist, so
ist mir ein anderer Ausweg beigefallen, den ich Dir
in Vorschlag bringen will. Die Klosterkirche pflegt in
den Nachmittagsstunden ganz leer zu sein; höchstens
sind es ein paar Weiber aus dem benachbarten Dorfe,
die ihr Schläfchen in den Betstühlen mit größerer Be=
quemlichkeit machen als zu Hause. Willst Du nicht
gegen vier Uhr auf das Chor kommen, wo die Mönche

den Gottesdiensten beizuwohnen pflegen? Eine Entdeckung ist an diesem Orte und zu dieser Zeit undenk-
bar, Dein Oheim kann gegen solchen Gang unmöglich
etwas einzuwenden haben, und mag die Liebe einen
schönern Zufluchtsort wählen als das Haus Gottes?
Ich werde es morgen veranlassen, daß der Laienbruder,
der Euch gewöhnlich bedient, Deinem Oheim im Laufe
des Vormittags unter irgend einem gleichgültigen Vor-
wand einen Strauß aus dem Garten bringt. Gegen
Mittag gehe ich durch den Hof. Steht der Strauß an
Deinem Fenster, so ist mir das ein Zeichen, daß Du
kommst, und ich beschwöre Dich darum.

Ich muß schließen, da ich, die Anwesenheit Deines
Oheims auf der Kegelbahn bemerkend, nur rasch auf
meine Zelle geeilt bin, Dir diese Zeilen zu schreiben.
Ich muß schließen und hätte Dir so viel, so viel zu
sagen, doch morgen möge Dein Anblick mich tausend-
mal für alles das entschädigen, was ich in diesen Tagen entbehrt habe. Wie ersehne ich Dich! Wie schlägt
Dir mein Herz entgegen! Mit tausend Grüßen und
Küssen ewig   Dein

                                Heinrich."

Die erste Empfindung, die über Dora beim Lesen
des Briefes gekommen war, war nur die der reinsten, voll-
sten Freude, daß der Geliebte an sie gedacht, an sie

geschrieben, ihr ein Lebenszeichen gegeben habe. So
trüb und unheilverheißend ihr vorher Manches erschie=
nen war, so lachend und heiter sah sie nun schon wie=
der in die Zukunft und so sehr übertrug sie die himm=
lische Helle des Glücks, das sie durchstrahlte, auf die
Gegenstände, die sie umgaben, auf die Tage, denen sie
entgegenging, auf Alles.

Eine Frage war, ob sie das Rendezvous in der
Klosterkirche annehmen sollte. Sie lachte bei diesem
Gedanken hellauf in die Nacht hinaus und warf ihr
schönes Trotzköpfchen lebhaft in den Nacken zurück.
Warum verbot ihr der eigensinnige Oheim auch, in den
Garten zu gehen! Daß sie Frater Heinrich sehen und
sprechen wollte, war doch selbstverständlich, lag doch auf
der Hand. Wenn es nicht anders ging, mußte es in
der Kirche geschehen. Die Heiligkeit des Ortes machte
ihr weiter keinen Scrupel. „Was ist denn Sündhaftes
daran?" fragte sie. „Wie viele tausend Mädchen haben
schon vor mir in der Kirche zu Gott gebetet, daß er
ihre Liebe zu einem glücklichen Ende führen, das heißt,
ihnen den Mann schenken möge, den sie ausgewählt.
Ei ja", lachte sie, „darum will ich morgen auch beten
und meinen Schatz gleich mitbringen, den mir unser
Herrgott gewiß gönnen kann, da er schon so viele streit=
bare Priester in seiner Kirche hat. Also bis morgen!"

Mit diesem Gedanken schlief sie, das Herz voll
Seligkeit, ein.

Doctor Anselmus war nicht wenig durch die Bitte
überrascht, die ihm seine Nichte am nächsten Tage vor=
trug. Er wollte Einwendungen machen, aber Dora
hatte zur Mittagszeit den Strauß, der im Laufe der
Morgenstunden richtig eingetroffen war, an das Fenster
gestellt und sogar vom Hintergrunde ihres Zimmers
aus den Novizen im Hofe vorübergehen sehen; sie mußte
ihr Verlangen also um jeden Preis durchzusetzen suchen.
Und im Grunde war es doch natürlich, daß Dora ein=
mal die Kirche zu sehen wünschte, die sie während der
ganzen Zeit ihres Aufenthalts im Kloster noch mit
keinem Fuße betreten hatte.

„Ich muß mich", sagte sie zu Doctor Anselmus
mit der unschuldigsten Miene, „ordentlich davor fürchten,
daß mich der hochwürdige Pater Guardian einmal fragt,
ob ich schon in der Kirche gewesen. Glaubst Du nicht,
daß er eine verneinende Antwort mindestens sehr ver=
wundert aufnehmen würde?"

„Gewiß; ich finde nur die Zeit so eigenthümlich ge=
wählt; warum willst Du nicht des Morgens zum Got=
tesdienste gehen?"

„Onkelchen", sagte Dora vorwurfsvoll, „des Morgens
wenn alle Mönche in der Kirche sind, deren Blicken ich

mich ja auf Deinen eigenen Wunsch um jeden Preis
entziehen soll?"

„Du hast Recht", antwortete Doctor Anselmus. „Geh,
aber bleibe nicht zu lange aus, damit ich mich nicht
ängstige."

Es war noch vor der bestimmten Zeit, als Dora
durch das Portal in die Kirche trat. Sie wollte mit
Absicht früher als Frater Heinrich am bestimmten Orte
sein; es hatte dann mehr den Anschein, als wenn er
sie zu sehen komme, denn umgekehrt. Sie hatte noch
Muße, sich in der Kirche umzusehen; sie that es, obwohl
sie ihre innere Unruhe kaum zu bewältigen vermochte,
und schritt langsam durch das Mittelschiff, bald stehen
bleibend, bald wieder einige Schritte rückwärts gehend,
Alles mit der größten Genauigkeit musternd, wie wenn
sie auch die kleinste Einzelheit auf das sorgfältigste
ihrem Gedächtniß einzuprägen gedenke.

Die Kirche war mit höchster Sparsamkeit gebaut
und ihr Zierrath fast übertrieben einfach. Zwischen
den hohen Fenstern der Seitenschiffe waren Oelgemälde
aus der heiligen Legende angebracht, wie sie von Gläu=
bigen gestiftet und von Hunderten von Künstlern der
Hauptstadt fabrikmäßig auf Bestellung ausgeführt werden.

Auf den kleinen Altartischen davor prangten künst=
liche Rosen, zu Sträußen oder Kränzen zusammenge=

bunden, in der Stadt gekauft und hier als frommes Opfer niedergelegt, als Beweis der Dankbarkeit für einen erhörten Wunsch oder als gut gemeinter Beste= chungsversuch für eine noch immer nicht gewährte Bitte.

Selbstverständlich fehlte das Bild des heiligen Fran= ciscus nicht und die zahllosen großen und kleinen Wachs= kerzen aller Farben verriethen, welches Vertrauen der Heilige in der Gemeinde genoß.

Dem Hochaltar gegenüber, gleich oberhalb des Por= tals, befand sich die Orgel, und zwar war der Raum, den diese überdachte, von dem eigentlichen Innern der Klosterkirche durch ein eisernes Gitter geschieden, so daß man sich also gewissermaßen nur in einem Vorhofe befand, der in den außergottesdienstlichen Stunden des Tags den nur im Vorübergehen die Kirche Besuchenden zur Benutzung zugestanden war. Eine Menge von Bo= tivtäfelchen waren an dieses Gitter gebunden; da stand denn mit schlechter Tinte geschrieben: „Maria hat ge= holfen, Maria hilft, Maria wird weiter helfen." Oder kurz und bündig: „Maria hat geholfen", oder: „Jesus und Maria haben geholfen." Hier richtete eine be= drängte Wittwe an edle Christen die Bitte, für ihr armes blind gewordenes Knäblein an die heilige Ma= ria eine fromme Fürbitte zu stellen, dort bat eine Tochter um den gleichen Christendienst, damit ihre fieche Mutter endlich gefunde. Auf einem mit weißem Papier überzogenen Pappendeckel stand, kaum zu ent= ziffern, das etwas unklare

Gebet

auf den heiligen Charfreitag,

da Jesus im Grabe liegt und schreit:

Ach weh, ach weh, ach weh,
Wie thun meine heiligen fünf Wunden so weh!
Wenn ich doch einen Menschen hätt',
Der mir dieses Gebetlein dreimal des Tages beten thät',
Den wollt' ich belohnen
Mit drei himmlischen Kronen.
Vaterseele, Mutterseele, meine Seele,
Wer dieses Gebetlein kann und Niemand lehrt,
Wird vor Gottes Gericht nicht erhört.

Nur wenige der angeführten Danksagungen an die Mutter Gottes waren auf Pappendeckeln angebracht, die man mit rothem Papier überzogen und mit großen goldenen Lettern bedruckt hatte, zwei oder drei waren mit bunter Seide auf groben Stramin gestickt, die meisten aber gleich den speciellen, an die heilige Jung= frau gerichteten Bittgesuchen mit schlechter Tinte und noch schlechterer Schreibekunst einem höchst schlichten Papierstreifen anvertraut, der mittels eines oben durch= gezogenen Baumwollenfadens an die Eisenstäbe befestigt war. Wenn dann die Kirchenthür von einem Eintre= tenden geöffnet wurde, so strich der Luftzug darüber

hin, daß alle die weißen Blättchen aufflatterten und
zur Höhe fliegen zu wollen schienen, an die sie adbressirt
waren. Dora lächelte über den hier vor aller Welt
mit dem Himmel gepflogenen Briefverkehr. War denn
dieses Eisengitter etwas Anderes als der Briefkasten
im Vorzimmer eines hohen Herrn, in welchen der Be-
drängte und Arme sein mit großer Mühe zusammen-
buchstabirtes Bittgesuch wirft? Und wie viel Bedräng-
niß, wie viel Armuth, wie viele Seufzer, wie viele
Thränen waren hier dem Papiere anvertraut!

Als sich Dora dem Eisengitter, das sie vom Innern
der Kirche trennte, gegenüber sah, war sie einigermaßen betreten, ein Versuch aber, durch die Gitterstäbe
zu langen und von innen einen Riegel zu finden, der
leicht zurückgeschoben werden könnte, glückte', und nun
schritt sie, nachdem die Gitterthür wieder ins Schloß
gefallen war, unaufgehalten vor gegen den Hochaltar.
Hinter diesem führte eine schmale Treppe hinauf in
das Chor, das oben um den Rücken des Hochaltars
herum links und rechts durch die beiden Seitenschiffe
geführt war und auf beiden Seiten an die Orgel an-
stieß.

Von den hohen Fenstern fiel die Sonne in schmalen Streifen in die Kirche nnd vergoldete die Banner
und Fahnen, die Bilder und Kränze und die vom

Weihrauch des Morgengottesdienstes erfüllte Luft. Mil=
lionen Sonnenstäubchen wogten auf dieser schmalen
Lichtleiter, die durch das Fenster bis auf den glatten
gepflasterten Boden reichte, hin und her, auf und nie=
der, in fortwährender Bewegung, in stetem Wechsel,
und streiften die an einem Mittelpfeiler vorspring=
gende Kanzel, während die übrigen Räume der Kirche
in Dämmerung und Halbdunkel lagen.

Endlich schritt Dora die eng gewundene Treppe
hinauf und das Herz klopfte ihr schneller und schneller,
als die Stufen unter ihrem so leichten, elastischen
Schritte durch die Stille des Gotteshauses hin ächzten
und knarrten. Sie blieb einen Augenblick stehen und
sah hinunter in den heiligen, friedenerfüllten Raum,
aber es mußte geschehen, und mit raschen, entschlossenen
Schritten eilte sie weiter hinauf, bis sie die Höhe des
Chors erreicht hatte. Dieses war leer. Die Gitter=
wände waren zurück= und in einander geschoben, und in
größter Aufregung sank sie auf den nächsten Betstuhl
nieder. Sie vergrub ihr Haupt in die Hände und bot
so unwillkürlich die Erscheinung einer Betenden. Sie
hatte kaum einige Sekunden in dieser Stellung ver=
harrt, als sie hörte, wie eine Thür in nächster Nähe
geöffnet wurde und wie sich ihr rasche Schritte näher=
ten. Sie wagte nicht aufzusehen, sie preßte die Stirn

fester in die beiden Hände, es ließ sich neben ihr nie=
der, sie wußte, daß es Frater Heinrich war.

Dieser verstand bald genug ihre Befangenheit zu
zerstreuen und veranlaßte sie, nachdem er ihr flüchtig
die Hand gedrückt, weiter gegen die nächste Gitterwand
zu rücken, wo sie fast völlig verborgen war. Er selbst
lehnte sich über die Brüstung und wußte sich gleich
Dora vollkommen den Anblick eines in Andacht Ver=
sunkenen zu geben, indem er mit niedergeschlagenen
Augen die gefalteten Hände vor den in heißen Liebes=
schwüren überströmenden Mund hielt.

Nach und nach floß das Gespräch ruhiger hin und
so wich denn auch die Beklemmung und Spannung von
Dora's Herzen, daß sie dann und wann aufzuschauen
und den Geliebten mit glücklichem Auge anzublicken
wagte. Ja, nach und nach, wie sie die Sonne so hell
und freundlich durch die Kirchenfenster schimmern und
an den aus dem Dunkel aufleuchtenden Bildern und
Fahnen haften sah, fand sie ihre Lage gar nicht so
unpoetisch. Aber gerade der Sonnenstrahl, der ihr ge=
genüber durch den Spitzbogen fiel, rückte immer mehr
und mehr von seinem Platze unten herauf gegen die
Gallerie und das Chor und erinnerte sie daran, wie
rasch die Zeit dahingeflohen sei.

Als sie sich trennten, mußte Dora das Versprechen

geben, am nächsten Tage sich wieder einzufinden. Und wenn sich ihre Aengstlichkeit auch anfangs dagegen sträubte, sagte sie schließlich doch nicht gerade allzu ungern zu.

Doctor Anselmus traute seinen Ohren kaum, als ihm Dora tags darauf wiederholt das Anliegen vortrug, in die Kirche gehen zu dürfen.

„Seit wann hast Du solchen Geschmack am Kirchenbesuche gefunden?" fragte er erstaunt.

„Ich habe", antwortete Dora mild, „den Frieden der Kirchen immer geliebt."

„So?" machte Doctor Anselmus ungläubig. „Davon habe ich noch wenig bemerkt."

„Diese dämmerhafte Ruhe, diese träumerische Stille—" fuhr Dora in weichem Tone fort, bis sie ihr Oheim unterbrach.

„Kind", rief er, „ich glaube, Du treibst Deinen Spott mit mir!"

„Onkelchen, wie könnte ich das wagen! Aber darf Dich denn das wundern, wenn mich Empfindungen überkommen, denen auch Du Dich, nach Deiner Aussage, in stillen Klöstern und waldversteckten Abteien nie verschließen konntest?"

„Es ist wahr", sagte ihr Oheim und strich sich melancholisch die Haare über die Stirn.

„Soll ich", fuhr Dora ermuthigter fort, „keinen Sinn
für jene gottgeweihte Luft haben, welche durch die son=
nenlichten Hallen wogt und den Verweilenden mit einem
Frieden erfüllt, den er vergeblich im tosenden Weltlärm
zu erreichen begehrt? O, Du glaubst nicht, welches
Glück ich gestern genoß! Mir war, als sei alle die
Sehnsucht, die mich in den letzten Tagen der Einsam=
keit hier quälte, gestillt, als sei all mein Wünschen er=
füllt. Wie von Engelfittigen fühlte ich mich umweht,
der Himmel selbst schien sich mir mit seinen goldenen
Thoren zu öffnen und in froher Ahnung ging mir je=
nes süße Mysterium auf, welches —"

Dora stockte, denn der Schalk in ihr, der sie bis=
her Alles in höchstem, feierlichstem Pathos hatte vor=
tragen lassen, hatte ihr auch die letzte volltönende
Phrase eingegeben, bei der sie sich so wenig dachte,
daß sie dieselbe nun nicht einmal zu Ende zu bringen
vermochte.

Doctor Anselmus hatte ihr mit stiller Zufrieden=
heit und Bewunderung zugehört. Solches Gefühl hatte
er seiner Nichte nimmermehr zugetraut. Eine senti=
mentale Rührung bemächtigte sich seiner. Dora schil=
derte ja, was er schon oft empfunden hatte, und jetzt,
gerade jetzt mußte er durch das Stocken ihrer Rede aus
seiner süßen Träumerei aufgeschreckt werden, wie einer,

der ruhig auf dem Strom hingleitet und mit seinem
Schiffe plötzlich und da er's am wenigsten vermuthet,
auf eine Sandbank stößt.

„Welches Mysterium?“ fragte er jetzt.

„Nun, jenes Mysterium“, antwortete seine Nichte
mit preiswürdiger Zuversicht.

„Aber welches denn?“

„Ach“, rief Dora ungeduldig, „jenes! Du verstehst
mich schon!“

„Ich versichere Dir, daß ich Dich gar nicht verstehe.“

„Dann kann ich es Dir auch nicht erklären“, brach
Dora entschlossen ab und setzte dann in leichterem Tone
bei: „So etwas läßt sich in Worten schwer ausdrücken.
Und nun darf ich gehen, Onkelchen?“

„Geh“, antwortete Doctor Anselmus und begab sich
kopfschüttelnd an seine Arbeit.

Auf dem Wege begegnete Dora dem Pater Guar=
dian, der eben mit dem Pater Nikomedes aus der
Kirchthür trat.

Sie blieb einen Augenblick erschrocken stehen, dann
aber sah sie ein, daß sie, um keinen Verdacht zu er=
regen, ihren Weg fortsetzen müsse, und so ging sie denn
unbefangen auf die beiden Geistlichen zu, welche sie
unter dem Portale erwarteten.

„Sie gehen in die Kirche, mein Sohn?“ fragte der

Pater Guardian in seiner gewohnten wohlwollenden
Weise.

„Ja, hochwürdiger Vater", entgegnete sie mit ge-
senktem Blick.

„Sie thun recht baran. Wenn man auch nicht
immer so gesammelt und jener stillen Heiterkeit voll
ist, welche uns das allein Erhörung bringende Gebet
in den Mund gibt, so sollte man boch nie an der Kirche
vorübergehen, ohne einzutreten. Es ist die Nähe Gottes,
bie wir bort fühlen und die unsere Seele ohne unser
Zuthun mit frommen Entschlüssen erfüllt. Gott segne
Sie, mein Sohn."

Mit biesen Worten schritt ber Pater Guardian
mit dem Pater Nikomedes weiter, Dora aber schlüpfte
eiligst in die Kirche und hinauf in bas Chor, wo ber
Novize bereits wartete.

War es die unerwartete Begegnung, die Dora
bange gemacht hatte? Genug, sie war von einer
Unruhe erfüllt, die gerade heute um so unerklärlicher
schien, als bas gestrige Stelldichein so glücklich ab-
gelaufen war. Vergebens stellte ihr der Geliebte vor,
baß der Pater Guardian, wie bas häufig vorkomme,
nur einen Gang durch die Oekonomiegebäude mache,
um sich von dem ordnungsgemäßen Stande der Dinge
zu überzeugen, vergebens war all sein Beruhigen, sein

Beschwören, sein Bitten, Dora drängte nach der kürze-
sten Zeit zum Aufbruch, so daß der Novize sich wohl
fügen mußte und nur, die Hand um ihren schlanken
Leib legend, in vorwurfsvollem Tone fragte:

„Und wann sehen wir uns wieder, Dora?“

„Nie mehr“, antwortete eine fremde Stimme hinter
ihnen.

Erschrocken fuhren die Liebenden aus einander; es
war Doctor Anselmus, Dora’s Oheim, aus dessen
Mund das unheilverkündende Wort gekommen war.

Dieser hatte nämlich trotz alledem und alledem
keine Ruhe beim Arbeiten finden können; er sagte sich,
daß die Vorliebe seiner Nichte für den Besuch von
Kirchen doch gar rasch und unerwartet gekommen sei,
und fand bei kühlerer Betrachtung ihre schwärmerische
Begeisterung für gottgeweihte Hallen eigenthümlich und
überraschend. Sollte sie ihn hinter das Licht geführt
haben und in den Garten gegangen sein? Traf sie
dort am Ende gar den verwünschten Frater Heinrich,
der ihr mit seinen sentimentalen Erzählungen den Kopf
verdrehte?

Nachdem einmal des Doctor Anselmus Mißtrauen
rege geworden, war es ihm unmöglich, dasselbe wieder
zu bannen, und es ergriff ihn jene nervöse Aufregung,
die ihn krank und zu jeder geistigen Thätigkeit unfähig

zu machen pflegte. Das Beste war am Ende, der Nichte zu folgen und sie ausfindig zu machen. War sie betend in der Kirche, so konnte sich Doctor Ansel= mus beruhigt zurückziehen; war sie im Garten, so wußte er, was seine Pflicht war.

Er nahm an, daß seine Nichte in dem untern Raume der Kirche verweile, und zog es deshalb vor, vom Kloster aus über den Gang seinen Weg in das Chor zu nehmen, von wo aus er die ganze Kirche übersehen und sich am leichtesten unbemerkt wieder ent= fernen konnte.

Leise, um die Andacht der im Gotteshause Wei= lenden nicht zu stören, öffnete er die Thür und trat in das Chor.

Dem Doctor Anselmus war in seinem Leben schon Mancherlei widerfahren, und auch nach der Hand ist ihm noch mancherlei Seltsames vorgekommen, wovon gewöhnliche Sterbliche keine Ahnung haben, aber die Ueberraschung, die er hier erlebte, war die größte, die ihm noch begegnet war, und blieb es auch für die Zukunft.

Wie versteinert stand er auf der Schwelle und starrte auf das Liebespärchen, das sich hier so schön und schlau zusammen gefunden. Konnten ihn seine Augen täu= schen? Er hätte etwas darum gegeben, wenn er das,

was er sah, für ein Trugbild seiner toll gewordenen
Phantasie hätte halten dürfen.

Aber selbst wenn seine Augen unzuverlässig gewesen
wären, waren seine Ohren um so zuverlässiger. Das
feine Gehör, das die Mutter Natur neben so vielen
andern preiswürdigen Gaben dem Doctor Anselmus
gegeben, war schon oft der Neid und die Bewunde=
rung seiner Freunde gewesen, und es war nicht unglaub=
lich, daß ein Bauer, der in einer bedeutenden Entfer=
nung seine Sense dängelte, ihn zur Verzweiflung
brachte. Und so klang denn auch hier, wo ein Anderer
alle seine Anstrengungen hätte aufbieten müssen, um
nur herauszubekommen, daß überhaupt geflüstert werde,
jedes Wort nur allzu deutlich und klar an sein sich nie
täuschendes Ohr.

Jedes Wort! Ach, Doctor Anselmus erkannte den
ganzen Stand der Dinge. So weit also war es ge=
kommen! Während er noch sich darüber den Kopf
zerbrach, wie um jeden Preis eine Begegnung des
Frater Heinrich mit seinem Neffen vermieden werden
sollte, schwelgte jener schon mit der Nichte in dem zärt=
lichsten tête-à-tête.

Leise schlich er näher — Doctor Anselmus verstand,
wenn er wollte, sehr leise aufzutreten — und stand nun
hinter den beiden Liebenden wie ein schweres Gewitter

hinter bem blütenprangenben Berg. Er war ungewiß, wie er am besten eingreifen sollte; er wollte erst Alles wissen. Die Frage des Novizen aber riß ihn hin und er konnte sich nicht enthalten, dieselbe nachbrucksvoll in seinem Sinne zu beantworten.

Als Dora den blitzenden Augen ihres Oheims begegnete und in sein nun zornbleiches Antlitz sah, sank sie mit einem leisen Aufschrei über den Betstuhl; Doctor Anselmus aber erhob sie mit einer Kraft, die seinen sonstigen körperlichen Leistungen gegenüber fast unmöglich erschien, und sagte in einem Tone, der keinen Widerspruch vertrug:

„Du gehst auf Dein Zimmer.“

Ihr Gesicht in das Taschentuch verbergend, gehorchte sie und ging, eine büstere Ahnung sagte ihr, daß sie den Geliebten zum letzten Male gesehen habe.

Dieser war beim Erscheinen des Doctor Anselmus sprachlos in die Höhe gefahren; als sich Dora entfernte, machte er eine Bewegung, wie wenn er ihr folgen oder sie wenigstens zurückhalten wolle.

Doctor Anselmus aber erhob seine Hand wie abwehrend und sagte:

„Sie bleiben, mein Herr, ich habe mit Ihnen zu reden.“

„Ich stehe zu Diensten“, entgegnete der Novize fest und richtete sich hoch auf.

Doctor Anselmus rang mühsam nach Athem. Nichts war ihm, dem friedliebenden Manne, mehr verhaßt als eine Scene, wie sie nun kommen mußte, aber so gewaltig kochte und gährte es heute in seiner Brust, daß es nur die unendliche Aufregung war, die ihn einen Augenblick nicht zu Worte kommen ließ. Mit bebender Stimme begann er endlich:

„Wir wollen uns kurz fassen. Es wäre natürlich eine Thorheit von mir, zu leugnen, was nicht mehr zu leugnen ist. Sie haben das Geheimniß zerrissen, welches den Aufenthalt meiner Nichte hier umgab. Lassen Sie mich aussprechen. Ich darf voraussetzen, daß Ihnen meine Nichte erzählt hat, wie das Alles gekommen ist, und so ist jede Erläuterung von meiner Seite überflüssig. Aber das ist auch jede Entschuldigung, denn Sie verdienen keine."

„Herr!" brauste der Novize auf.

„Was wünschen Sie?" rief Doctor Anselmus. „Ich wiederhole es, Sie verdienen keine Entschuldigung, da Sie den Zufall, der das Geheimniß in Ihre Hände lieferte, so schmählich mißbrauchen konnten. Wenn übrigens noch Mannesehre in Ihrer Brust lebt, so geben Sie mir Ihr Ehrenwort, daß, solange Sie athmen, nie eine Silbe von dem Vorgefallenen über Ihre Lippen kommt."

„Sie haben mein Wort."

„Ich danke Ihnen nicht dafür", versetzte Doctor Anselmus. „Sie waren mir diese Genugthuung schuldig. Sie ersparen sich dadurch nicht einmal die Erklärung, die ich Ihnen geben muß, wie erbärmlich, wie niedrig nämlich Ihr Betragen mir und meiner Nichte gegenüber ist."

Der Novize machte in auflodernder Bewegung einen Schritt gegen den Doctor Anselmus.

„Rühren Sie sich nicht von der Stelle", rief dieser, der sich durchaus nicht einschüchtern ließ, „oder ich rufe das ganze Kloster zusammen, um es zum Zeugen und Richter Ihrer Handlung zu machen. Mag für mich daraus entspringen, was will. Der Convent aber wird Ihnen zu sagen wissen, was mit einem Menschen, der das Klostergelübbe abzulegen im Begriffe ist, wie Sie, der in demselben Augenblick ein Mädchen hinter dem Rücken seines Oheims und Vormundes in seine Schlingen lockt, wie Sie, der es gewissenlos dem Pfad der Verführung, der Schande und des Unglücks entgegentreibt, wie Sie — was mit einem solchen Menschen anzufangen sei. Ich selbst reise morgen mit meiner Nichte ab; ich habe also nicht die bemüthigende Bitte an Sie zu richten, meiner Dora keine Aufmerksamkeit mehr schenken zu wollen. Sie werden keine

Gelegenheit mehr dazu finden. Aber ich hoffe, daß, wenn wir das Kloster verlassen haben, Ihnen Zeit und Muße genug bleiben wird, darüber nachzudenken, wie schmählich und nichtswürdig Sie an mir gehandelt haben."

Damit wollte Doctor Anselmus gehen, der Novize aber hielt ihn zurück. Er hatte keinen Versuch mehr gemacht, den Redenden zu unterbrechen; er hatte nur, mit der Faust krampfhaft den Betstuhl umklammernd, das glühende Auge auf Doctor Anselmus gerichtet, dessen Beleibigungen angehört. Jetzt ergriff er diesen hastig beim Arm und sagte mit gepreßter Stimme:

„Herr Doctor, Sie haben das Recht, das Sie an mir zu haben glauben, redlich ausgenutzt. Ich muß jetzt schweigen, aber glauben Sie mir, das letzte Wort ist noch nicht gesprochen."

„Nicht?" rief Doctor Anselmus, sich mit einer Geberde des Abscheus von Frater Heinrich losmachend und aufs neue von jähem Zorn erfaßt. „Nicht? Wollen Sie mir vielleicht drohen? Ich sage Ihnen, ich habe Sie nur in Rücksicht auf den Ort, an dem wir weilen, so glimpflich behandelt; wenn ich einem Manne, wie Sie sind, einem Manne, der so an mir gehandelt hat, wie Sie es gethan, wenn ich einem solchen Manne in meinem Hause begegnen würde, so —"

„Nun?"

„Glauben Sie mir, daß ich alsdann meine be=
schimpfte Ehre noch nachdrücklicher zu rächen wissen
würde. Und nun Gott befohlen!"

Nach diesen Worten wandte sich Doctor Anselmus
wirklich zum Gehen, der Novize aber sah ihm lange
nach und sank dann in den Betstuhl, wo er sein Haupt
in beide Hände vergrub.

Als Doctor Anselmus in sein Zimmer zurückkehrte,
fand er Dora, die in Thränen aufgelöst ihm um den
Hals fiel und mit erstickter Stimme bat:

„Verzeih', Onkel, verzeih'!"

Im Grunde war es ihm sehr lieb, daß ihm seine
Nichte in solcher Weise entgegenkam. Die Begegnung
mit dem Novizen hatte seine ganze Energie aufgezehrt,
er fühlte sich nach solchem Kraftaufwand, wie er ihn
hatte zeigen müssen, sehr müde und abgespannt und fand
es darum angenehm, diejenigen Auseinandersetzungen, die
er Dora nun doch einmal machen mußte und in keinem
Falle ersparen konnte, in ruhigerer und gehaltener
Weise zum Besten geben zu dürfen.

Er machte sich sanft aus der Umarmung seiner
Nichte los, die ihr thränenbenetztes Antlitz auf seine
Schulter gelegt hatte, und sagte:

„Laß uns ruhig sprechen, es wird sich Alles finden."

„Nein, nein, Onkel", rief Dora, „ich weiß, daß ich gefehlt habe, ich weiß, daß ich schuldig bin; sage nur, daß ich Deine Verzeihung wieder habe; ich will ja gern Alles zugeben."

„Nun ja, nun ja", machte ihr Oheim wieder, trotzdem nicht geneigt, so raschen Kaufs den gewünschten Generalpardon zu ertheilen; „setze Dich nur erst, höre auf zu weinen und dann laß uns ruhig sprechen."

Die gelassene Art, in der Doctor Anselmus sprach, hatte fürs erste die Wirkung, den Thränenstrom seiner Nichte einem frühern Ende zuzuführen, als es wohl sonst der Fall gewesen wäre, daß sie schon nach kurzer Weile seine Bitte erfüllen und ihm mittheilen konnte, auf welche Weise Frater Heinrich dazu gekommen sei, jene unglückselige Entdeckung zu machen.

Sie erzählte, so gut sie im Stande war, und die Schlichtheit und Glaubwürdigkeit ihrer Mittheilung trug nicht wenig dazu bei, ihren Oheim noch milder zu stimmen, als es von vornherein der Fall gewesen war. Dennoch hielt er es für nöthig, nachdem seine Nichte geendet, jene moralischen Betrachtungen, die sich unabweisbar an den Fall knüpften, beizufügen und behaglich auszuspinnen. Dora hörte ihn schweigend und den nassen Blick zu Boden gerichtet an; sie dachte nicht daran, zu widersprechen, so wenig sie mit Allem

was der gelehrte Doctor Anselmus in seiner wahrhaft
akademischen Rede zum Besten gegeben, einverstanden war.
Sie vernahm zuletzt auch mit der scheinbar größten
Ruhe dessen Entschluß, am nächsten Morgen abzureisen,
und ging, um das Nöthige zu besorgen. Still und
gehorsam fügte sie sich den Anordnungen ihres Oheims,
der mit wahrer Freude den ausgezeichneten Erfolg
seiner Rede beobachtete und keine Ahnung davon hatte,
wie schwer und schmerzenreich seiner Nichte das Herz sei.

Fünftes Kapitel.

Dennoch sollte aus der für den kommenden Morgen festgesetzten Reise nichts werden; denn abgesehen davon, daß der Pater Guardian, den Doctor Anselmus abends auf der Kegelbahn von seinem Vorhaben in Kenntniß setzte, über den so rasch und unerwartet beschlossenen Aufbruch seiner Gäste fast beleidigt war, bestand er vor allem darauf, daß jener sein gegebenes Wort ein= löse und seine Mittheilungen über den seltenen anti= quarischen Fund, den er im Kloster gemacht, zum Vor= trag bringe.

Der Gelehrte sei, fügte der Pater Guardian bei, dies gewissermaßen dem Kloster selbst schuldig und er und seine Mönche hätten ein Recht darauf, den ersten Bericht über eine Merkwürdigkeit erstattet zu

erhalten, die, wie er der Versicherung seines gelehrten
Gastes gern glaube, den Namen des Klosters in Ver-
bindung mit dem des Doctor Anselmus ruhmvoll bis
in die weitesten Fernen tragen werde.

Doctor Anselmus sah die Billigkeit dieses Ver-
langens ein und zeigte sogar nicht üble Lust, sich durch
dasselbe geschmeichelt zu fühlen. Dennoch beschlich ihn
einiger Unmuth und er gab nur widerstrebend das
Versprechen, seine Abreise um einen Tag hinauszu-
schieben. Seine Seele war banger Ahnungen voll und
ihm war, nachdem ihm schon so viel Widerwärtiges
im Kloster widerfahren, wie wenn er durch erneutes
längeres Bleiben das Schicksal nur zu größern Tücken
herausfordere.

Als er am nächsten Morgen aufwachte, war die
Sonne schon ziemlich hoch gestiegen; er hatte wieder
einmal zu lange geschlafen. Und doch noch nicht genug?
Er schloß wiederholt die Augen und rieb sie sich mit
beiden Händen. Dann versuchte er klarer und deutlicher um sich zu schauen, und in der That war es ihm
nicht zu verargen, wenn er einen Moment einiges
Mißtrauen in sein Sehvermögen setzte, denn was sich
beim Aufwachen zunächst seinen Blicken bot, war seltsam genug. Doctor Anselmus streckte vorsichtig die
Hand aus und zog sie ebenso vorsichtig wieder zurück;

er scheute sich offenbar, das Ding, das auf dem Stuhle vor seinem Bette lag, anzurühren; da er sich aber schließlich doch ein Herz fassen mußte, so griff er zu, und wahrhaftig, seine Augen hatten ihn nicht getäuscht oder seine Hände mußten im Bunde mit jenen stehen — das, was er sah, das, was er griff, fühlte und betastete, war nicht mehr und nicht weniger als eine Kapuze, eine Mönchskutte.

Doctor Anselmus sah einige Minuten das eigenthümliche Bekleidungsstück, das statt seiner Gewänder vor ihm lag, an, dann ließ er es wieder aus den Händen fallen, drehte sich mit dem Gesichte gegen die Wand und drückte sein Haupt fest in die Kissen, als ob er nochmals zu schlafen beginnen wolle. Aber nicht lange ließ es ihn ruhen, entschlossen wandte er sich wieder gegen das Licht, und nun konnte er es mit keinem Spuk mehr zu thun haben: die Kapuze lag noch immer auf dem Stuhl.

„Dora", rief er melancholisch zu seiner Nichte in das Zimmer.

„Guten Morgen, Onkelchen!" antwortete diese eintretend. „Hast Du schon ausgeschlafen?"

„Ich weiß wirklich nicht", antwortete Doctor Anselmus in ungewissem Tone. „Sieh einmal her, was ist das?"

„Gott", lachte Dora hellauf, „das ist ja eine Ka=
puze! Wie kommt diese zu Dir?"

„Also doch", murmelte Doctor Anselmus, „wirklich
eine Kapuze!"

„Mein Gott, Onkelchen", rief Dora wieder, „es
wird sich doch Niemand einen Possen mit Dir erlaubt
haben?"

„Meinst Du?" gab ihr Doctor Anselmus zur Ant=
wort und ein zorniger Blitz leuchtete aus seinen Augen.

Dora trat verlegen einen Schritt zurück.

„Wenn das ein Zeichen wäre!" sagte ihr Oheim
jetzt halblaut, indem er noch immer, den Kopf auf den
einen Arm gestützt, die Kapuze betrachtete.

„War es nicht immer mein Wunsch", fuhr er in
seinem Selbstgespräche fort, „hielt ich es nicht eigentlich
für meine Bestimmung, der Welt fernab in der Ein=
samkeit eines gottgeweihten —"

Dora schien diese Betrachtungen für höchst un=
fruchtbar zu halten, denn sie fuhr plötzlich mit der
Frage dazwischen:

„Meinst Du nicht, Onkelchen, daß es angezeigt wäre,
Umschau zu halten, wo Deine Kleider eigentlich hin=
gekommen sind?"

Dieser unleugbar praktische und zeitgemäße Vor=
schlag riß Doctor Anselmus aus seinen Träumereien.

„Geh", sagte er; dann lehnte er sich zurück in die
Kissen, und es ist schwer zu errathen, welchen Gedanken
er, den schwermüthigen Blick gegen die Decke gerichtet,
nachhing.

Dora war auf den Corridor gegangen und schritt,
da sie hier keine Seele fand, hinunter in den Hof,
ohne eigentlich zu wissen, wen oder nur nach was sie
in diesem ohne Zweifel rein lächerlichen Vorkommnisse
zu fragen wagen dürfe.

In diesem Augenblicke trat der Pater Guardian
aus seiner Zelle.

„Guten Morgen, mein Sohn", sagte er freundlich,
da er Dora erblickte. „Sie wollen wohl Ihrem Oheim
entgegen gehen?"

„Meinem Oheim?" wiederholte Dora fragend.

„Der Pförtner sagte mir, daß er heute fast noch
vor Morgengrauen Ihrem Oheim öffnen mußte, der
einen Spaziergang ins Freie zu machen wünschte."

„Ich versichere Ihnen", entgegnete Dora mit Erstaunen, „mein Oheim ist noch gar nicht aufgestanden, er
liegt oben im Bette und ich habe ihm eben noch guten
Morgen gesagt."

„Dann", scherzte der Pater Guardian, „sind eben
Sie, mein Sohn, der Bruder Langschläfer und Ihr
Oheim hat, von der Frische des Morgens und dem zu

solcher Zeit ungewohnten Spaziergange angegriffen, noch einmal das Lager gesucht."

„Das ist unmöglich", warf Dora ein; „mein Oheim ist eben erst aufgewacht —"

„Aber der Pförtner hat ihm doch das Thor geöffnet!"

„Das ist ein Mißverständniß."

„Wie wäre das möglich?"

„Vielleicht", lachte Dora, „ist heute der Tag der Mißverständnisse, die Komödie der Irrungen. Ich bin eben auf dem Wege, gleichfalls einem Mißverständnisse auf die Spur zu kommen."

„Wie so?"

„Mein edler Oheim ist auf sein Lager gebannt, er kann nicht aufstehen."

„Ist er krank?"

„Ich habe ihn selten so gesund gesehen."

„Was hindert ihn alsdann am Aufstehen?"

„Der Mangel der nothwendigen Bekleidungsstücke."

„Ich verstehe Sie nicht."

„Ich bin eben im Begriffe, ihm Rock und Hosen ausfindig zu machen. Ich zweifle nicht daran, daß er, sobald er diese von ihm für unentbehrlich gehaltenen Theile seiner Garderobe in Händen hat, auch aufstehen wird."

„Erklären Sie sich doch", bat der Pater Guardian ungebulbig.

„Ja", lachte Dora, „wenn mir eine Erklärung möglich wäre, bann wollte ich auch meinen Oheim nicht lange mehr nach seinen Hosen schreien lassen. Um es kurz zu sagen: irgend ein Schelm hat ihn heute Nacht um seine Kleiber gebracht und ihm eine Kapuze in den Tausch gegeben."

„Das ist unmöglich!" rief der Pater Guardian.

„Dann müssen Euer Hochwürden an das Wunder glauben, daß sich über Nacht Tuch in Wolle und Röcke in Kutten verwandeln können."

„Unbegreiflich, unbegreiflich! Ich will doch gleich zu Ihrem Oheim gehen und —"

Die letzten Worte murmelte der Pater Guardian im raschen Gehen vor sich hin, den Kopf schüttelnd und ungebulbig in die Hände schlagend; dann blieb er plötzlich stehen und rief, sich gegen Dora umwendend:

„Wenn das, was Sie mir eben erzählen, mit dem geheimnißvollen Spaziergänger von heute Morgen zusammenhinge! Bitte, bitte, lieber Herr, holen Sie mir doch schnell den Bruder Pförtner. Er soll gleich in meine Zelle kommen. Ich will ihn erst befragen, dann wollen wir zu Ihrem Oheim gehen."

Wäre der Pater Guardian nicht selbst so sehr mit

seinen Gedanken beschäftigt gewesen, er hätte sehen müssen, wie bei seinen Worten plötzlich alles Blut aus den Wangen Dora's wich. Mit einem Schlage war Licht in ihre Seele gekommen. Was dem ehrwürdigen Greise nur Vermuthung war, war ihr Gewißheit und mit zitternden Knieen eilte sie, den Pförtner herbeizuschaffen.

„Wem hast Du heute Morgen das Thor geöffnet?" fragte der Pater Guardian, als Dora mit jenem zurückgekehrt war.

„Dem Herrn Doctor Anselmus", lautete die Antwort.

„Das kann nicht sein", entgegnete der Pater Guardian; „Herr Doctor Anselmus liegt noch zu Bette und hat, wie mir sein Neffe eben sagt, heute sein Zimmer noch nicht verlassen."

„Verzeihen Euer Hochwürden, aber —"

„Erzähle lieber den ganzen Vorgang."

„Es mag bald nach zwei Uhr gewesen sein, als ich durch Klopfen an mein Fenster geweckt wurde. Das Fenster geht auf den Gang. Wie ich ans Fenster springe, sehe ich den Herrn Doctor Anselmus draußen stehen, und bevor ich nur was sage, wie er so früh daherkomme, bittet er mich, ihm den Schlüssel zum innern und äußern Thor herauszulangen, er könne nicht schlafen und wolle spazieren gehen. Er komme bald wieder. „Ist schon recht, Herr Doctor", sag' ich und lange ihm die Schlüssel hinaus. „Soll ich offen lassen?" fragt der Herr Doctor Anselmus noch. „Nein", sag' ich, „sperren Sie nur wieder zu und stecken Sie die Schlüssel ein; wir haben von jedem zwei." Dann bin ich wieder ins Bett gegangen und hab' mich nur gewundert, wie ein Herr von der Stadt so früh schon aufstehen mag."

„Und der Herr Doctor Anselmus oder der, den Du dafür hieltest, ist fort?"

„Ja, ich hab' ihn noch auf= und wieder zuschließen hören."

„Haben Sie ihn denn wirklich für meinen Oheim gehalten?" fiel Dora ein.

„Versteht sich", rief der Gefragte. „Der Gang ist freilich dunkel schon am Tage, nun gar in der Nacht und wenn man schläfrig aus dem Bette kommt. Aber das hab' ich schon gesehen, daß es der Herr Doctor Anselmus war, den hab' ich schon an den Kleidern erkannt."

Dora mußte sich setzen und der Kopf begann ihr zu schwindeln; auch der Pater Guardian nahm eine bedenkliche Miene an, und vielleicht war es nur seine Gewohnheit, keine Meinung unbedacht auszusprechen, oder es war die Anwesenheit Dora's, die ihn zurück=

hielt, über den kritischen Fall seine eigentlichen Ver=
muthungen und Ansichten zu äußern — da ward die Thür
aufgerissen und Pater Nikomedes trat ein.

„Hochwürden", rief er, ohne erst um Entschuldigung
für sein ungestümes Kommen zu bitten, „Frater Hein=
rich ist fort!"

„Was sagen Sie?" gab der Pater Guardian er=
schreckt zurück.

„Frater Heinrich ist fort!" wiederholte der Gefragte.

„Woher wissen Sie das?"

„Ich habe den Novizen schon bei der Hora vermißt,
ward aber durch Beichtehören verhindert, mich sogleich
nach ihm umzusehen. Eben nun bringt mir ein Bauer=
junge diesen Brief und sagt, er habe ihn von einem
Herrn erhalten, der ihm vor einigen Stunden auf der
Landstraße begegnet sei und ihn gebeten habe, das
Schreiben an Pater Nikomedes im Kloster abzugeben."

Der Pater Guardian las und reichte dann schwei=
gend den Brief zu Dora hinüber, der die Buchstaben
vor den Augen tanzten.

Der Brief lautete:

„Hochwürdiger Vater! Da Sie vermuthlich am
meisten über mein Verschwinden besorgt sein werden,
so sollen Sie denn auch, falls mir mein Vorhaben
zu entweichen gelingt, derjenige sein, der die erste

Nachricht von mir erhält. Warum ich das Kloster ver=
lasse, um nie mehr in dasselbe zurückzukehren, das aus=
einanderzusetzen behalte ich einem längern Brief vor, den
ich an Seine Hochwürden den Pater Guardian schrei=
ben werde, sobald ich mich nur in Sicherheit gebracht.
Im Augenblicke, da ich diese Zeilen an Sie, hochwür=
biger Pater Nikomedes, richte, liegen des verehrten
Doctor Anselmus Kleider vor mir, die ich vor einigen
Minuten mir angeeignet habe und an deren Stelle ich
die Kapuze, die gegenwärtig noch meinen unwürdigen
Leib bedeckt, zu legen gedenke. Sie begreifen darum
die Aufregung, in der ich bin und die allein mich hin=
dert, Ihnen, hochwürdiger Vater, in der letzten Stunde
meines Aufenthalts im Kloster diejenige Verehrung aus=
zusprechen, die ich stets für Sie empfunden habe. Um
was ich Sie jetzt bitte, ist nur, den Herrn Doctor
Anselmus wegen des ohne sein Wissen vorgenommenen
Kleidertausches zu beruhigen und ihm die Versicherung
zu geben, daß die Kleider vor Einbruch der nächsten
Nacht wieder in seinen Händen sein werden. Der
Morgen graut, ich habe keine Zeit mehr zu verlieren.

Heinrich Wander."

Während Dora den Brief las, hatte sich die Zelle
des Pater Guardian mehr und mehr gefüllt. Ein Con=
ventuale, ein Novize um den andern eilte herbei, Näheres

über die unerhörte Kunde, die ihren Weg blitzschnell
durch das Kloster gemacht, zu erfahren und dem Pater
Guardian den Abscheu und den Widerwillen auszusprechen, welchen ihnen der unselige Schritt eines gott-
verlassenen Menschen einflöße. Während dieser erregten
Unterhaltung, während dieses lebhaften Wortwechsels,
dem sich die guten Mönche hingaben, fand Dora Zeit,
sich unbeachtet zu sammeln und wenigstens äußerlich
der Bewegung Herr zu werden, die beim Lesen des
Briefes über sie gekommen war.

Unverstanden, unbewußt schlugen die rings laut
werdenden Worte von Gott, Kirche, Gelübde an ihr
Ohr. Was kümmerte es sie, ob die heilige römisch-
katholische Kirche einen Mönch mehr habe oder weniger!
Ihr war nur gewiß, daß Heinrich nicht von ihr zu
lassen entschlossen war; sie begriff, daß er durch diese
Flucht die schweigende Aufforderung an sie richtete,
ebenso treu und ebenso standhaft auszuharren. Und
wie gern wollte sie das!

Das Schlimmste war, daß der Orden dem Unge-
treuen gegenüber ziemlich waffenlos war. Der Pater
Nikomedes hatte zwar in seinem frommen Eifer den
Vorschlag gemacht, den Flüchtling verfolgen zu lassen,
wurde aber von seinem Vorgesetzten darauf aufmerksam
gemacht, daß Frater Heinrich noch nicht das Gelübde

abgelegt habe, also auch nicht gezwungen werden könne,
das Kleid der Entsagung und der Armuth zu tragen.
Pater Nikomedes erbot sich sodann, dem Fahnenflücht=
ling nachzureisen und ihn mit frommen Vorstellungen
zur Rückkehr zu bewegen. Gott der Herr, meinte er,
sei auch im Schwachen mächtig und der Himmel werde
ihm, dem Pater Nikomedes, gewiß die Zunge segnen
und seinen Worten Kraft verleihen; der Pater Guar=
dian aber schüttelte wieder und wieder das Haupt;
man könne, sagte er, Gott und der Kirche nur dann
recht dienen, wenn man ihnen gern und willig diene.
Er behalte sich demnach fürs erste alle weitern Beschlüsse
vor und bitte die ehrwürdigen Väter, durch dieses Er=
eigniß, das auch sein priesterliches Gemüth auf das
schmerzlichste bewege, sich nicht in ihren heiligen Pflichten
und Obliegenheiten irre machen zu lassen, sondern mit
um so größerem Eifer zu Gott zu flehen, daß er sie
stark und ausdauernd mache und den Geist der Ver=
suchung von ihnen fern halte jetzt und für immer.

Bei diesen Worten machte er leicht das Zeichen des
Kreuzes gegen seine Untergebenen, die sich ehrfurchts=
voll verneigten und dann schweigend entfernten.

„Nun lassen Sie uns zu Ihrem Oheim gehen",
sagte der Pater Guardian zu Dora, „er wird in seinem
Bette schon längst ungeduldig geworden sein."

Mit klopfendem Herzen folgte Dora dem würdigen Manne die Stiegen hinauf. Wie hell aber lachte sie auf, als der Pater Guardian die Thür zu des Doctors Zimmer öffnete und dieser ihnen in der Kutte mit Kapuze und Strick als ein vollkommener, untadelhafter Kapuziner entgegentrat.

„Wie prächtig siehst Du aus, Onkelchen!" lachte Dora, fast zu mädchenhaft in die Hände klatschend, und selbst der Pater Guardian fing bei diesem komischen Anblick so herzlich zu lachen an, daß auch Doctor Anselmus mit einstimmte und sich bald infolge einer übermäßigen Erschütterung des Zwerchfells mit der einen Hand die schmerzende Seite halten, mit der andern die Thränen aus den Augen wischen mußte.

Der Pater Guardian konnte nicht oft genug versichern, wie vorzüglich das Kapuzinergewand den gelehrten Doctor Anselmus kleide; und wirklich paßte der melancholische, weltentsagende Ausdruck, der, nachdem das Gelächter sich gelegt hatte, die Züge des Doctor Anselmus wieder beherrschte, und wirklich paßte die bleiche, fast krankhaft durchsichtige Farbe der Wangen, das dunkle, tiefschwarze, oft so seltsam aufglühende Auge, die hohe, vom Denken gefurchte Stirn ganz vortrefflich zu der Kutte, welche nun den schlanken Leib des Gelehrten umschmiegte.

„Ist mir doch", sagte Doctor Anselmus lächelnd, „nun auch dieser eine Wunsch noch erfüllt, den ich schon über ein Menschenalter mit mir herumtrage und der mir schon so manche wehmutherfüllte Stunde bereitet hat. Wer hätte das geglaubt, daß es mir noch ge= gönnt sein werde, das Kleid eines Ordens zu tragen, dessen Angehörige ich stets im Stillen beneidet habe. Ich lag im Bette und sah mir die Kapuze ruhig nach= denkend an, als mich plötzlich der Wunsch befiel, zu sehen, wie mich dies Gewand der Bescheidenheit kleiden werde. Ach, lachend zog ich es an, trauernd werde ich es wieder von mir legen."

„Sie werden", nahm der Pater Guardian nun einigermaßen verlegen das Wort, „nicht begreifen kön= nen, auf welche Weise Sie diese Kapuze statt Ihrer Kleider heute Morgen finden mußten."

„Ja wahrhaftig", rief Doctor Anselmus, erstaun= lich schnell aus seiner sentimentalen Laune in große Heftigkeit fallend, „daran habe ich gar nicht mehr ge= dacht! Bei allen Heiligen, wo sind denn meine Kleider hingekommen?"

„Ich bitte Sie, verehrter Herr Doctor", sagte der würdige Greis, „nicht mich für einen Vorfall ver= antwortlich zu machen, den ich selbst am tiefsten be= klage. Ein Novize hat sich im Laufe der Nacht aus=

dem Kloster geflüchtet und sich dabei Ihrer Kleider bedient."

„Was?" rief Doctor Anselmus in maßlosem Er=
staunen. „Aus dem Kloster geflüchtet und dabei meine
Kleider so gewissermaßen furtim mitgenommen? Am
Ende will er mich gar als Ersatzmann hier lassen!
Wer ist denn der saubere Vogel?"

„Lesen Sie hier", entgegnete der Pater Guardian,
ihm den an Pater Nikomedes gerichteten Brief hin=
reichend, „es ist der Frater Heinrich."

Es kann füglich unterlassen werden, den Zustand
zu schildern, in welchen Doctor Anselmus durch solche
Nachricht versetzt wurde. Mit einem Schlage überblickte
er die ganze Sachlage, wußte er mehr, als der hoch=
würdige Pater Guardian nur ahnen konnte, und sagte
er sich, daß seine neuliche Begegnung mit dem Novizen
voraussichtlich nicht die letzte gewesen sein werde. Eine
namenlose Wuth stieg in ihm auf, sein Blick flog zu
Dora hinüber; diese aber blickte, gelassen mit ihren
Fingern an den Fensterscheiben trommelnd, hinunter in
den Hof, wie wenn sie nicht den geringsten Grund habe,
an dem ganzen Vorfall auch nur das kleinste Interesse
zu nehmen.

Doctor Anselmus, unvermögend, seiner Aufregung
auch nur so weit Herr zu werden, als es dem Pater

Guardian gegenüber die Vorsicht erforderte, eilte mit
großen Schritten im Zimmer auf und ab, daß die fal=
tige Kutte rauschend an sein Bein schlug. Sein Auge
sprühte und mit heftiger Bewegung strich er sich die
dunkeln Haare über den Scheitel.

„Das ist infam!" brach er endlich los. „Aus dem
Kloster zu fliehen! Meine Kleider zu stehlen! Er muß
verfolgt werden, er muß arretirt werden, er muß ge=
setzt werden, er muß verurtheilt werden; Sie müssen
Gensdarmen holen lassen, Hochwürden, Sie müssen ihm
dieselben nachreiten lassen; zwischen den Pferden, ge=
bunden, geknebelt soll er mir zurückgebracht werden,
dieser wortvergessene, hinterlistige Kleiderdieb."

Doctor Anselmus hielt in seiner Racheprdigt inne,
denn er sah mit Staunen, daß sie auf denjenigen, an
den sie zunächst gerichtet war, nicht den geringsten
Eindruck hervorbrachte.

Lächelnd hatte der Pater Guardian ihn angehört,
und Doctor Anselmus hatte seinem Unmuth laut genug
Luft gemacht, daß selbst jenem trotz seiner Schwer=
hörigkeit kein Wort entgehen konnte.

Jetzt aber sagte er:

„Ich begreife Ihren Unwillen, Herr Doctor, und
wiederhole mein Bedauern, daß Ihnen gerade bei uns
ein solcher Anlaß gegeben werden mußte, aber Sie

werden einsehen, daß ich von allen den Wünschen, die
Sie eben ausgesprochen, keinen erfüllen kann."

„Nicht?" brauste Doctor Anselmus auf.

„Nein. Den Novizen als solchen im Auftrage des
Klosters verfolgen zu lassen, daran denke ich nicht.
Ich werde heute noch meinen Bericht an meine Ober=
behörde erstatten und bin überzeugt, daß man es nur
billigen wird, wenn ich jeden Schritt, der einer gewalt=
thätigen Einmischung gleich sieht, unterlasse und im
Gegentheile den ganzen unliebsamen Vorfall möglichst
bald vergessen zu machen suche. Und sollten Sie, Herr
Doctor, den Flüchtling wegen Ihrer Kleidung wollen
verfolgen lassen?"

„Ja, das will ich!"

„Glauben Sie nicht, daß dieselben wirklich heute
Abend wieder in Ihrem Besitze sein werden?"

„Wenn auch, das ändert an der Thatsache nichts."

„Sollte es Ihnen so schwer fallen, einen einzigen
Tag das Gewand des heiligen Franciscus zu tragen?"

„Im Gegentheil", antwortete Doctor Anselmus
lächelnd, sich von oben bis unten betrachtend. „Ich
bin zwar ohne, aber nicht gegen meinen Willen dazu
gekommen und ich hoffe dieses Kleides nicht ganz un=
würdig zu sein, hochwürdiger Pater Guardian."

„Gewiß nicht, mein Freund", antwortete dieser, dem

Doctor Anselmus herzlich die Hand schüttelnd; „sicher
würdiger als jener, der es unbedacht angezogen und
unbedacht wieder von sich geworfen hat. Darum sehen
Sie lieber in Allem eine Fügung Gottes, der Ihnen
einen Lieblingswunsch wenigstens für einige Stunden
erfüllen wollte, und erlauben Sie mir, daß ich, Ihrer
Entschuldigung sicher, mich entferne, da mich Geschäfte
rufen. Heute Abend werden Sie doch Ihr Wort
einlösen und Ihren längst erwarteten Vortrag halten?"

„Gewiß, Hochwürden, doch habe ich noch eine Bitte."

„Sprechen Sie."

„Mein Vortrag ist so gut wie fertig gearbeitet; bis
zum Mittagessen werde ich den letzten Strich daran
gethan haben. Erlauben Sie alsdann, daß ich mit den
hochwürdigen Vätern im Refectorium speise und den
Rest des Tages mit ihnen verbringe? Wider alles
Erwarten trage ich das Kleid des Mönchs, lassen Sie
mich denn auch einen Tag lang ganz und vollkommen
ein solcher sein."

„Mit Vergnügen, bester Freund", lachte der Pater
Guardian. „Die Conventualen werden es sich zur
Ehre rechnen, Sie bei sich zu sehen."

Als der Pater Guardian sich entfernt hatte, wandte
sich das ganze Unwetter, das die Brust des edlen und
ruhmreichen Doctor Anselmus durchzog, gegen dessen

Nichte Dora; er fand hier jedoch unerwarteten Wider=
stand. Dora wies alle seine Vorwürfe und Anklagen
mit ruhiger Bestimmtheit ab und erklärte, daß sie von
der Flucht des Novizen nicht die geringste Kenntniß
gehabt habe.

„Hat Frater Heinrich nie mit Dir davon gesprochen?"
forschte Doctor Anselmus.

„Früher hat er allerdings angedeutet, daß er im
Stande sei, einen solchen Schritt zu wagen; nach Deiner
Begegnung jedoch mit ihm hatte ich selbst jeden Ge=
danken daran aufgegeben und bin nicht weniger über=
rascht als Du."

„Du siehst doch ein", polterte Doctor Anselmus
weiter, „wie er durch den Umstand, daß er gerade
meiner Kleider sich bei seiner Flucht bediente, eine
gewisse kecke Ueberlegenheit, eine Art Mißachtung gegen
mich an den Tag legen wollte?"

„Nicht im mindesten", antwortete Dora. „Er wird
kein anderes Mittel gekannt haben."

„So", höhnte ihr Oheim. „Wird er? Du hast
doch die feste Ueberzeugung, daß er Dir zu Liebe ent=
flohen ist? Doch was frage ich! Ich brauche Dich
nur anzuschauen und zu sehen, wie Du von Glück und
Wonne strahlst."

„Darin täuschest Du Dich, Onkel; denn noch weiß

ich keinen Grund, der mich berechtigen könnte, vor
Glück und Wonne zu strahlen. Um Dir aber keine
Antwort schuldig zu bleiben, so gestehe ich meine Ueber=
zeugung gern ein, daß Frater Heinrich allerdings mir
zu Liebe geflohen sein wird."

„Und das sagst Du so ohne Scheu, so ohne Scham?"
rief Doctor Anselmus. „Dora, Dora —"

„Ereifere Dich nicht umsonst, Onkel", bat diese.
„Ich habe Dir offen Deine Fragen beantwortet, ob=
wohl Du das selbst hättest thun können. Vielleicht
irren wir aber beide in Frater Heinrich, und so wird
es wohl das Beste sein, das Kommende abzuwarten
und Alles der Zukunft anheim zu stellen."

„Es sei", sagte Doctor Anselmus. „Nur das Eine
will ich Dir noch warnend ans Herz legen: gib Dich
keinen falschen Hoffnungen, keinen eitlen Träumereien
hin. Du wirst mich fest und unerbittlich finden. Und
nun laß mich allein, ich will meine Abhandlung über
die Schachfiguren noch einmal mit ruhigem Blute
überlesen."

Dora ging auf ihr Zimmer, Doctor Anselmus aber
saß wie ein gelehrter Kapuziner bis zur Mittagszeit
über seinem Vortrag und eilte dann ins Refectorium,
wo er mit freudigem Zuruf empfangen wurde. Doctor
Anselmus rechnete nach der Hand diesen Nachmittag

zu den glücklichsten Stunden seines Lebens. In diesem hohen, gewölbten Saale, an der rings von Mönchen besetzten Tafel, er selbst im Gewande der Kapuziner — wie wohl ward ihm bei dieser Täuschung, wie ging ihm das Herz auf! Ein unendliches Behagen kam über ihn und durch sein Gemüth wehte jene wunsch- und grenzenlose Liebe, die sich nur durch sich selbst beglückt fühlt und deren ahnungsvollem Zauber er sich so gern hingab. Es war ihm, als sei er seit vielen Jahren schon Bürger des Klosters, als sei er seit langer, langer Zeit schon Mönch, als sei er nie etwas Anderes gewesen, als werde er nie mehr etwas Anderes wieder sein. Ja, als er sich gegen Abend nicht enthalten konnte, an der Seite des Pater Nikomedes durch die Kirche zu wandeln, und als er hier die an den Beicht- stuhl sich herandrängenden Landleute gewahrte — man feierte am nächsten Tag das Fest eines Heiligen — meinte er, ihm sei, als habe er schon immer die Pflichten und Rechte eines Geistlichen geübt, als zwinge ihn eine unsichtbare Macht, in den nächsten Beichtstuhl zu treten und hier Absolution und Segen an die Gläubigen zu spenden. Pater Nikomedes beglückwünschte ihn wegen solcher gottgefälligen Empfindungen und verstieg sich sogar zu dem Vorschlag, nie mehr das Kleid der Ar- muth abzulegen und von heute an einer der Ihrigen

zu sein, ein Ansinnen, das Doctor Anselmus zwar
sehr schmeichelhaft fand, aber trotz all seiner schwär=
merischen Stimmung doch erst in nähere Erwägung
ziehen zu müssen glaubte.

Endlich war der Abend hereingebrochen und ver=
sammelte sämmtliche Mitglieder des Klosters wiederum
im Refectorium. Auf den Garten hatte man verzichten
müssen, da der bewölkte Himmel mit Regen zu drohen
schien, und schließlich war es auch angenehmer, einen
längern Vortrag, von dem man keine Silbe zu ver=
lieren wünschen mußte, im geschlossenen Raume anzu=
hören, als im Freien, wo leicht ein Wort verhallte.
Auf den Gesichtern der Mönche lag die gespannteste
Erwartung, als Doctor Anselmus mit einer Schachtel
unter dem Arm und gefolgt von Dora eintrat, der er
doch nicht gern versagen wollte, Zeugin seines Triumphes
zu sein. Auch in seinen Zügen lag ein feierlicher Ernst,
der durch die an ihm ungewohnte Kleidung vielleicht
noch gehoben wurde. Er trat in eine Fensternische,
wo er unbeobachtet war, und zog dort unter seiner Kapuze
das Schachbret hervor, dessen Anblick er den Mönchen
nicht einmal beim Eintreten hatte gönnen wollen. Mit
Hülfe Dora's, deren ungelehrige und verständnißlose
Art ihm wieder mehrfachen Anlaß zu gereizten Bemer=
kungen gab, stellte er sodann die Figuren auf, bedeckte

Alles säuberlich mit einem Tuche, das auf den vier
Seiten mindestens noch drei Hände breit herunterhing,
und kehrte dann an die Tafel zurück, wo er das geheimnißvolle Kleinod vor sich hinstellte. Man hatte
ihm den Ehrenplatz am obern Ende des Tisches ein-
geräumt; zu seiner Rechten saß der Pater Guardian,
zu seiner Linken Dora, an die sich sobann die übrigen
Patres und Fratres im Kreise anschlossen.

„Hochverehrte Herren, ehrwürdige Versammlung!"
begann Doctor Anselmus in feierlichem Tone, und jeder
Blick hing an dem Gelehrten, von dessen begeisterten
Lippen nun eine Rede strömte, wie sie so kunst- und
glanzreich in diesen Räumen noch nie gehört worden
war. Man wußte nicht, ob man mehr den den strengsten
akademischen Anforderungen entsprechenden Aufbau der
Rede, oder mehr die Tiefe der gelehrten Anschauungen
und die Fülle des gründlichen Wissens anstaunen sollte,
die Doctor Anselmus entwickelte; man wußte nicht, ob
man mehr den blühenden, selbst die trockenste Materie
mit Schmuck umkleidenden Stil bewundern sollte, oder
mehr die logische, mathematische Nothwendigkeit, mit
welcher sich Satz um Satz, Folge um Folge unabweisbar ergab. Man war hingerissen von der prunkvollen
Beredtsamkeit, die aus allen Worten des Gelehrten
leuchtete, und man bejubelte den patriotischen Eifer,

mit welchem Doctor Anselmus von seiner Entdeckung
sprach.

Er hatte im Anfange seiner Rede betont, wie er
den Ruhm, welcher seinen Fund für die Zukunft um=
strahlen werde, gewissermaßen als Gastgeschenk für die
im Kloster genossene Gastfreundschaft zurücklasse; er
hatte dann weit ausholend eine Geschichte des Schach=
spiels gegeben, wie sie bis jetzt im Umlaufe gewesen
sei; er hatte geschildert, wie sein nationaler Ehrgeiz
ihn zu den strengsten Forschungen und anhaltenden
Studien getrieben habe, wie er dann diese in unverzeih=
licher Muthlosigkeit habe wieder fallen lassen und wie
es nur einem jener Zufälle, die gerade dann, wenn
man sie am wenigsten mehr erwartet, ein strahlendes
Licht auf einen bisher noch dunklen, geheimnißumge=
benen Theil der menschlichen Forschung werfen, wie
es nur einem solchen Zufall vorbehalten gewesen sei,
allen jenen Sätzen, die er theoretisch mit der größten
Mühe und mit aller Anstrengung des Geistes construirt
und aufgebaut habe, die praktische Grundlage zu geben,
die sein ganzes Werk erst kröne und vollende.

Die gespannte Aufmerksamkeit, mit der man dem
Gelehrten folgte, das beifällige Murmeln, das dann
und wann hörbar wurde, der laute Zuruf, der ihn
öfter unterbrach, alles das steigerte noch mehr die

Beredtsamkeit, deren Doctor Anselmus auch bei geringern Anlässen fähig war, und erhob ihn zu einem Schwung, wie er nur großen Rednern in ihren besten Momenten eigen zu sein pflegt. Sein Gesicht glühte und seine Augen leuchteten in begeistertem Glanze. Als er endlich Alles entwickelt, Alles vorgebracht, Alles dargethan, holte er tief Athem und schloß mit folgenden Worten:

„Und nun, ehrwürdige Versammlung, seien Sie Zeuge meines wissenschaftlichen Sieges; bewundern Sie mit mir, der ich mich einer heiligen Rührung nicht zu erwehren vermag, das schlichte Werk des genialen, im Laufe von vier Jahrhunderten leider vergessenen Erfinders; bestaunen Sie mit mir die Figuren des ersten deutschen Schachspiels, das deutsche Urschachspiel."

Bei diesen Worten hob er das Tuch, unter welchem nun die Figuren sammt dem Brete sichtbar wurden, in die Höhe und ein lautes Ah! der Bewunderung stieg von den Lippen der sich heranbrängenden Mönche.

Triumphirend blickte Doctor Anselmus im Kreise herum und weidete sich an den staunenden Mienen seiner Zuhörer, als sich der Pater Guardian, der zu Anfang der Rede öfters beifällig genickt hatte, dann aber, weil ihm seine Schwerhörigkeit ein längeres Folgen unbequem machte, sanft eingeschlummert war, von

seinem Stuhle erhob und ohne eine Ahnung von dem,
was inzwischen verhandelt worden war, sagte:

„Ei, Herr Doctor, wie kommen Sie denn zu meinen
Schachfiguren?"

Doctor Anselmus wandte sich, wie vom Blitze getroffen.

„Was sagen Sie?" rief er.

„Schau", lächelte der Pater Guardian unbefangen,
„das hätte ich gar nicht geglaubt, daß diese drolligen
Figuren auch noch wo zu finden seien."

„Wie meinen Sie das?" stammelte der Gelehrte
und es ward dunkel vor seinen Augen, so daß er, um
nicht zu fallen, mit beiden Händen sich am Tisch fest-
halten mußte.

„Sie werden lachen", meinte der Pater Guardian
freundlich, „daß ich mit solchen Klötzen spielen konnte;
vor vier oder fünf Jahren aber wurde der Bischof
Konrad bei einem Besuche des Klosters von einem
Unwohlsein überfallen, das ihn mehrere Tage zwang,
hier zu verweilen. Er ist ein leidenschaftlicher Schach-
spieler und ich selbst habe es früher leiblich gekonnt.
Um uns nun die Zeit hinbringen zu helfen, mußte
der Bruder Erdmann, so gut es ging, die Figuren
hier schnitzen und bemalen, denn ein Bret war aus

früherer Zeit wohl da, aber das Spiel dazu war ver= loren gegangen. Nicht wahr, Erdmann?"

Mit dieser Frage wandte sich der Pater Guardian an den hinter ihm stehenden Laienbruder.

„Ja, ja", bestätigte derselbe mit seinem einfältigen Lächeln, „die Figuren sind mir gleich so bekannt vor= gekommen, wie der Herr Doctor das Tuch weggenom= men hat."

Erstaunt blickten die Mönche in die Höhe zu dem armen Doctor Anselmus, der bei dieser Erzählung ganz niedergeschmettert in seinen Stuhl zurückgesunken war.

„Sie täuschen sich", rief er endlich im Tone der Verzweiflung. „Sie müssen sich täuschen."

„Nein, nein", entgegnete der Pater Guardian, noch immer ohne Ahnung von all dem Unheil, das er an= richtete. „Nicht wahr, Erdmann, es ist so?"

„Ja, ja", bestätigte dieser wieder mit jenem dummen Lachen, das diesmal auch Dora, die erschreckt dem Gang der Dinge gefolgt war, mit lichtem Zorn er= füllte.

Doctor Anselmus aber hielt die Hand vor die brennende Stirn und saß ein paar Minuten still mit geschlossenen Augen. Seine Brust hob sich schwer, er stöhnte und preßte endlich das Wort heraus:

„Entsetzlich!"

Als er sich wieder aufraffte, hatten die Mönche den Saal verlassen und er sah sich mit Dora, dem Pater Guardian und Pater Nikomedes allein, der seinem Vorgesetzten inzwischen den Stand der Dinge klar gemacht hatte, soweit das in der Eile möglich war.

Der Pater Guardian war im ersten Augenblicke nicht wenig bestürzt; nachdem dem ehrenwerthen Doctor Anselmus im Kloster schon so viel Mißliches begegnet war, mußte gerade er es sein, welcher das Maß aller Unannehmlichkeiten, das dem Gaste zugemessen schien, voll machte und zwar in der für Doctor Anselmus peinlichsten und empfindlichsten Weise. Aber sein gerader, gesunder Sinn belehrte ihn, daß es am besten sei, das Geschehene offen einzugestehen und zu bedauern, und daß es unwürdig wie zwecklos wäre, das einmal Gesprochene beschönigen und bemänteln zu wollen. In diesem Sinne wandte er sich an den noch immer betroffenen Gelehrten, um Entschuldigung bittend und Trost einsprechend, und er hatte bald die Genugthuung, zu sehen, daß Doctor Anselmus nicht hartnäckig das Ohr seinen Vernunftgründen verschließe. Freilich waren es große Hoffnungen und große Pläne, die durch ein einziges Wort zertrümmert worden waren. Aber den meisten Gram verursachte dem Gelehrten doch der Gedanke, daß er sich vor den Mönchen eine Blöße gegeben

habe. Auch hier verstand der Pater Guardian mit
weisen Worten Trost einzuflößen und das bekümmerte
Herz des Doctor Anselmus durch den Hinweis aufzurichten, wie große Verehrung sie alle ihm auch für die
Zukunft zollen würden und wie es nicht schimpflich sei,
in einen Irrthum zu verfallen, was ja schon den
größten Menschen widerfahren sei, sondern nur auf
einem solchen zu beharren.

„Ja, hochwürdiger Herr", sagte Doctor Anselmus,
sein dunkles Auge melancholisch zum Pater Guardian
aufschlagend, „Sie haben Recht und am Ende war es
nur eine gerechte Strafe, die mir für meine eitlen,
ehrgeizigen, hochfliegenden Pläne zu Theil geworden ist."

„Und nun", rief der Pater Guardian lächelnd und
warf die Schachfiguren in die daneben stehende Schachtel,
„lassen Sie uns Gericht halten über diese Unheilstifter.
Die gelindeste Sühne ist der Feuertod."

„Nein, nein", rief der Gelehrte, seine Hand wie
zum Schutze auf die Schachtel legend, „diese Figuren
sollen mich begleiten, ich nehme sie mit!"

„In die Hauptstadt?"

„Gewiß; glauben Sie, ich wolle die heutige bittere
Erfahrung umsonst gemacht haben? Den nämlichen
Vortrag, den Sie eben vor mir gehört, werde ich im
Alterthumsverein der Residenz halten und dann erst,

wenn ich zu Ende bin, mein ganzes Abenteuer erzählen. Ich weiß manchen guten Freund im Verein, dem es gut sein wird, sich durch meine Erfahrung witzigen zu lassen."

„Das nenne ich Humor!" rief der Pater Guardian.

„Ist der Humor", entgegnete Doctor Anselmus mild lächelnd, „nicht der einzige Freund, der uns wirklich über die Enttäuschungen der Welt hinwegzuhelfen vermag? Man muß sich nur mit Schmerzen und Thränen zu ihm durchzuarbeiten wissen. Hat man ihn einmal gefaßt, so legt er ein linderndes Blatt auf die brennende Wunde, läßt uns auf erlittene Unbill verzeihend zurückblicken und den kommenden Tagen ruhig entgegenharren. Er lächelt uns so versöhnend, so lieblich zu, daß auch wir, gerade wenn wir am meisten dulden und leiden, entsagend lächeln, und wer das nicht lernen mag, geht unter in Verbissenheit, in Groll, Zorn und Haß. Denn derjenigen, die vom Leben nur Glückliches, nur Gutes und nur Gerechtes empfangen, sind nur wenige."

„Herr Doctor", ward der Sprechende plötzlich vom eintretenden Laienbruder unterbrochen, „es ist eben ein Paquet aus der Stadt an Sie abgegeben worden."

„Ihre Kleider!" rief der Pater Guardian.

„Ist das nicht wieder Humor?" lachte Doctor Anselmus. „Im Augenblicke, da ich im Gewande der Armuth meinem Ehrgeiz zu fröhnen und irdischen Leidenschaften zu huldigen gewagt habe, gibt man mich der Welt zurück! Soll ich nicht darin ein Zeichen sehen, daß ich doch noch nicht der Mönchskutte vollkommen würdig sei und daß ich mehr noch, als ich geglaubt, mit dem Leben und seinem Treiben, mit der Welt und ihren Begierden zusammenhänge?"

Als sich Doctor Anselmus mit Dora auf sein Zimmer begeben, fand er dort ein Schreiben des Ex= fraters Heinrich vor, der darin die Nothwendigkeit seiner Handlungsweise darzuthun suchte und die Hoff= nung aussprach, von Doctor Anselmus noch persönlich Verzeihung zu erhalten. Dieser zerriß den Brief, nach= dem er ihn gelesen, und kleidete sich dann um. Da er, so ruhig er auch über das letzte Vorgefallene dachte, sich doch nicht entschließen konnte, noch einmal in den Kreis der Mönche zu treten, so war es ihm angenehm, als der Pater Guardian sich für die Stunden des letzten Abends, die er mit Dora im Kloster zubringen sollte, zu Gaste bat. Was das zu bedeuten habe, be= eilte sich der hinter seinem Vorgesetzten eintretende Bruder Erdmann schleunigst auseinander zu setzen, in= dem er zwei Flaschen Rheinwein mit großer Uebung und Fertigkeit entkorkte und nebst drei Gläsern und

kaltem Imbiß auf den Tisch des Gelehrten stellte. Man
ließ sich's vortrefflich schmecken und so ging ein Theil
der Nacht in munterem Gespräche hin, bis sich end=
lich der Pater Guardian erhob und von seinen Gä=
sten, die schon in der ersten Morgenstunde reisen woll=
ten, herzlichen Abschied nahm. Oheim und Nichte
trennten sich schwer von dem würdigen Greise und
wenigstens dem erstern war es vollkommener Ernst,
als er die von dem Pater Guardian stets aufs neue
wiederholte Einladung, bald wieder der Gast des Klo=
sters zu sein, mit warm dankenden Worten annahm.

Der Pater Guardian ging und Dora begab sich
zur Ruhe; Doctor Anselmus aber schritt seiner Ge=
wohnheit gemäß noch lange im Zimmer auf und ab.
Er ließ die Ereignisse seines Aufenthalts in Fünfzehn=
heiligen an seiner Seele vorüberziehen; dann griff er
zum Leuchter und trat auf den Corridor, vor das Bild
der schönen Sidonie.

Seit jenem verhängnißvollen Abend hatte er nicht
mehr gewagt, zu dem Bilde aufzuschauen, nur scheu
war er an ihm vorübergegangen, denn er fürchtete die
Kraft, die von demselben ausging. Heute aber wollte
er noch einmal sich an dem Anblick weiden, heute wollte
er noch einmal seine Seele tauchen in dieses große,
stolze Auge, heute wollte er von dem Bilde Abschied

nehmen, wie man von einer Lebenden, von einer Ge=
liebten Abschied nimmt. Konnte ihm heute nicht das
Gleiche widerfahren wie damals? O, ein Schauer
überflog den edlen Doctor, wenn er sich jener süßen
Empfindungen erinnerte, die ihn damals durchzuckt
hatten. Es war nur ein Augenblick gewesen, aber ein
Augenblick im Paradiese.

Nun stand er wieder vor dem Bilde, schweigend,
anschauend, ahnungsvoll, sich mit allem seinem Fühlen
und Denken an dasselbe hindrängend; aber das Bild
blieb ruhig und todt. Der Blick des Doctor Anselmus
schien die Gestalt verzehren zu wollen, aber nichts rührte
sich in deren Zügen. Nichts zuckte an ihr, kein Leben
flog über ihr Antlitz, das Bild blieb kalt und todt.
Die schmalen Lippen des Doctor Anselmus regten sich
leise, ungesprochene Worte schwebten wie zur Beschwö=
rung von dem blassen Munde des Gelehrten, umsonst;
es ist nicht zu bezweifeln, Doctor Anselmus hätte es
sich mindestens nochmals eine Ohnmacht kosten lassen,
wenn ihm heute etwas Aehnliches passirt wäre wie
damals; aber umsonst, all seine mächtige Liebe ver=
mochte heute nicht zum Leben zu erwecken, all sein
Sichhindrängen vermochte heute kein Zeichen, kein
Gegengruß wachzurufen — die Schönheit auf dem Bilde
blieb kalt und todt.

Sechstes Kapitel.

———

Schon früh, für Dora's gesunden Schlaf nur allzu=
früh, knallte am nächsten Morgen des Kutschers Peitsche
im Hofe und schon nach einer halben Stunde saßen
Doctor Anselmus und Dora im Wagen, an den sich
die freundlichen Mönche herandrängten, um den beiden
Gästen Lebewohl zu sagen. Auf diese Weise war die Absicht,
um derentwillen Doctor Anselmus so früh die Zeit zur
Abreise festgesetzt hatte, vereitelt worden, aber Niemand
wußte sich besser darüber zu trösten als er; denn der letzte
Eindruck, den er auf solche Art mit fortnehmen mußte,
war die Ueberzeugung, daß man ihn nur ungern und
mit Bedauern scheiden sehe. Aber die Pferde zogen an
und der Wagen rollte durch das Hofthor hinaus auf
die Landstraße.

10*

Wenn Doctor Anselmus nicht den geraden Weg
zur Stadt einschlagen ließ, sondern erst einen Umweg
der Art machte, daß er die schönen Morgenstunden
durch den duftenden Spessart fuhr, zur Mittagszeit in
einem Bauernhof einkehrte und erst sich nach Untergang
der Sonne der Stadt näherte, so geschah dies weniger
darum, weil er die Nothwendigkeit körperlicher Bewegung empfand, als vielmehr deshalb, weil er vermeiden wollte, mit seiner Nichte noch am hellen Tage vor
dem Hause vorzufahren. Glücklich und ohne Gefährde
aber wurde die Heimkehr vollendet, und wie segnete sich
Doctor Anselmus, daß er nach allen den Abenteuern,
nach allen den Aufregungen, nach allen den Strapazen
wenigstens noch ganz und unversehrt in seine vier
Wände zurückkehren durfte. Dora war nicht minder
froh, die allmälig doch lästig gewordene Männertracht
abwerfen zu können, und es war ihr nicht zu verargen,
wenn sie, vor dem Spiegel stehend und sich ihre Schönheit bekennend, gern auch dem armen Exfrater Heinrich
die Gelegenheit gegönnt hätte, dieselbe rückhaltlos zu
bewundern.

Wo er nur stecken mochte? Daß er sich wieder ein-
finden werde, das war für Dora außer Zweifel, und
ihr Herz pochte gewaltig, wenn sie sich vorstellte, daß
er jeden Augenblick eintreten und Lust tragen konnte

das in Fünfzehnheiligen so gewaltsam unterbrochene
Zwiegespräch mit ihr oder ihrem Oheim fortzusetzen.
Sie wußte nicht, ob sie sich über sein Kommen mehr
freuen oder mehr ängstigen sollte. Und wenn Heinrich,
bevor er sich ins Haus wagte, erst versuchen würde,
ihr allein auf der Straße, auf der Promenade zu begegnen! Das freilich wäre allerliebst gewesen, und wie
wollte sie ihm dann mitten auf der Straße, mitten
unter den Leuten alles Mögliche erzählen und vor
allem ihm sagen, daß sie ihn nach dieser fast endlosen
mehrtägigen Trennung noch ebenso lieb habe wie
früher.

Hatte ihr Oheim ihn vollständig vergessen? Es
schien so. Wenigstens erwähnte er seiner mit keiner
Silbe und war zufrieden, daß die Erzählung aus dem
dreizehnten Jahrhundert einen doch etwas befriedigenden
Fortgang nahm. Stunde um Stunde saß er vor seinem wieder mit dem unentbehrlichen Ziegelstein ge-
schmückten Schreibtisch, bemüht, aus diesem traurigen
Ueberreste einer nun längst schon vom Geschick ereilten
Thorruine jene Inspiration zu empfangen, ohne die er
unter keinen Umständen arbeiten konnte und die zu
seiner vierzehnhundertjährigen Geschichte nöthig war.

Wieder war es an einem solchen Tage, daß er sich
nach Möglichkeit der Freude des Schaffens und des

Arbeitens hingab, als an die Thür seines Zimmers geklopft wurde. Dora, die mit einer Arbeit auf dem Altan gesessen und das Klopfen gehört hatte, erhob sich und schritt leise durch ihres Oheims Zimmer, die Thür zu öffnen. Denn daß es dem Doctor Anselmus, solange er bei der Arbeit saß, nicht einfallen werde, Herein! zu rufen, wußte sie aus Erfahrung.

Leise drehte sie am Schloß, öffnete und ein Schrei des Schreckens flog über ihre Lippen.

Vor ihr stand der ehemalige Frater Heinrich in schwarzem Frack und weißer Weste.

„Sie hier?" stammelte Dora.

„Mein Gott, Dora, wie schön sind Sie!" rief Heinrich Wander und sein Auge flog leuchtend über die in holder Scham und Verwirrung erglühende Gestalt des Mädchens.

Schon aber war Doctor Anselmus aufmerksam geworden.

„Wer ist hier?" rief er und drehte sich um.

Als er Heinrich Wander sah, sprang er Zornes voll in die Höhe.

„Sie wagen es, mein Herr?" rief er bebend. „Sie wagen es bei mir einzubringen, bei mir, der ich Ihnen gesagt habe, was ich mit einem Manne wie Sie beginne, wenn er mir in meinem Hause begegnet?"

„Allerdings", sagte der junge Mann bestimmt, indem er bis in die Mitte des Zimmers vortrat, „ich wage es."

„Sie", fuhr Doctor Anselmus heftig fort; „der — doch ich brauche Ihnen nichts zu wiederholen, ich habe Ihnen schon Alles gesagt. Dafür haben Sie inzwischen dem Ganzen die Krone aufgesetzt, indem Sie bei Nacht und Nebel aus dem Kloster flüchteten und mich gewisser= maßen zu Ihrem Helfershelfer machten."

„Sollten Sie", fiel Heinrich ein, „mir so sehr zürnen, daß ich, da mir kein anderes Mittel blieb, mich Ihrer Kleider bediente?"

„Davon will ich gar nicht reden, einfach deswegen nicht, weil ich jedes Wort zwischen uns beiden für über= flüssig halte. Ich weiß genau, wie ich von Ihnen zu denken habe, und Sie, mein Herr, werden hoffentlich auch wissen, wie Sie mit mir daran sind. Darum die letzte Frage: Was wollen Sie eigentlich hier?"

„Ich komme, um die Hand Ihrer Nichte Dora an= zuhalten."

„Sie?" rief Doctor Anselmus und griff sich an die Stirn. „Sie um die Hand meiner Nichte? Sind Sie denn rasend?"

„Durchaus nicht", lächelte Heinrich; „mein Antrag sollte Ihnen eben beweisen, wie sehr ich bei Vernunft

bin. Es ist Ihnen bekannt, welche Kette von unglück=
seligen Verhältnissen mich wider meinen Willen und
unbedacht ins Kloster führte, und Sie können meine
Liebe zu Ihrer Nichte daraus ermessen, daß sie es war
die mich das Opfer, das ich dem Andenken meiner
theuern Mutter schuldig zu sein glaubte, verwerfen
und wieder in die Welt zurückkehren ließ. Ich habe
die letzten Tage in der Hauptstadt zugebracht und mein
nicht unbedeutendes Vermögen aus den Händen meines
Vormundes übernommen. Zugleich beabsichtige ich meine
medicinischen Studien zu Ende zu führen und bin, da
ich hoffen darf, in einem Jahre zur Praxis überzugehen,
somit so glücklich, Ihre Nichte, die ich über Alles, mehr
als mich und mein Leben liebe, einer gesicherten Zu=
kunft entgegenführen zu können."

„So?" rief Doctor Anselmus außer sich. „Sind Sie
glücklich? Das freut mich. Ich sage Ihnen nur das
Eine, meine Nichte wird niemals Ihre Frau, niemals.
Ich duld' es nicht und will es nicht."

„Es läßt sich nicht leugnen", sagte Heinrich ernst,
„daß Ihr Wille bei einer Angelegenheit wie diese
bedeutend ins Gewicht fällt; aber er ist doch nicht allein
maßgebend."

„Nicht?"

„Nein, und da Sie Ihren Willen als entscheidenden

Punkt hingestellt haben, so erlauben Sie mir einen an=
dern ihm gegenüberzustellen, und erst, wenn auch dieser
— was Gott verhüte — sich mir feindlich erweisen
sollte, will ich mich fügen."

Mit diesen Worten schritt er auf Dora zu, die während
der ganzen Zeit stumm und verwirrt zur Seite gestanden.

Er faßte sie bei der Hand und sagte mit innigem
Tone: „Dora, von Ihnen will ich die Entscheidung
hören, von Ihnen will ich mein Schicksal empfangen.
Sie wissen, wie ich Sie liebe. Es war nicht die leichte
Laune eines Augenblicks, sondern das Resultat eines
langen reiflichen Ueberlegens, das mich aus dem Kloster
trieb. Ich wog mein Geschick ab, ich sah nach meinem
Glück aus und hatte, als ich es außerhalb der klöster=
lichen Mauern fand, den Muth, diese wieder zu über=
springen. Aber das geschah nur um den Preis Ihrer
Liebe und Ihrer Hand. Dora, wollen Sie mich zurück=
stoßen in jene trübe, freudenleere, nachtumhüllte Wüste
der Entsagung, oder soll mich Ihre Liebe, die Liebe
meines Weibes einem mehr als göttlichen Glücke ent=
gegenführen?"

Heinrich schwieg, da schlug Dora, die ihre Hand bisher
in der seinigen hatte ruhen lassen, ihr schönes Auge zu
ihm empor und sank erglühend an seine Brust, ihm den
Hals mit beiden Armen umschlingend.

Heinrich drückte sie jubelnd an sich und rief voll
Zuversicht:

„Nun, Herr Doctor? Dora ist mein, mein vor
Ihnen und aller Welt."

„Ich sage aber nein", rief Doctor Anselmus, mit
dem Fuße stampfend, „ich sage nein und werde derjenige
sein, der Recht behält."

Damit eilte er mit großen Schritten auf die nächste
Thür zu, warf sie klirrend hinter sich ins Schloß und
man hörte, wie er den Riegel vorschob.

Dora wand sich aus der Umarmung des Gelieb=
ten und sah mit thränendem Auge zu ihm empor,
Heinrich aber beruhigte sie.

„Was kann uns fehlen?" sagte er. „Lieben wir
beide uns nicht? O Geliebte, Alles, Alles muß noch
gut werden."

Und jetzt erst hatten beide Zeit, sich gegenseitig zu
bewundern. Wie viel schöner mußte Dora den ange=
henden Arzt mit dem männlichen Ausdrucke dem mo=
disch geschnittenen röthlichen Vollbart, in der Toilette
des Salons finden, als in der weiten, faltigen, groben
Kapuze. Und wie bewunderte Heinrich wieder seiner=
seits den schlanken Wuchs der Geliebten! Die Vollen=
dung ihrer Formen, die Schönheit ihrer Locken, den
Liebreiz ihres Gesichtes — Alles, Alles war ihm so

neu und in dem glücklichen Auge des Mädchens spie=
gelte sich all die Seligkeit des Geliebten.

Sie sagten sich tausend Schmeicheleien und verga=
ßen darüber vollkommen den ungeberdigen Oheim, der
im Nebenzimmer grollend und wuthvoll auf dem So=
pha saß und sich mehr und mehr in seinem Entschlusse
befestigte, seine Nichte nicht dem hergelaufenen Frater,
überhaupt Niemand zu geben. Doctor Anselmus
brauchte seine Nichte für sich. Doctor Anselmus war
klug und dachte an die Tage des Alters.

Da pochte es an seine Thür.

Er gab keine Antwort.

Das Klopfen wiederholte sich.

„Was gibt's?" rief er jetzt.

„Kann ich", hörte man die Stimme Heinrich's,
„noch einmal das Vergnügen haben, Sie zu sprechen?"

„Nein", war die kurze Antwort.

„Ich wünsche nicht meinetwegen mit Ihnen zu spre=
chen, sondern in einer Angelegenheit, bei der zunächst
Sie interessirt sind."

„Man kennt das", replicirte Doctor Anselmus, ohne
sich von seinem Platze zu erheben.

„Ich komme im Auftrage des Buchhändlers Langen=
meyer."

Diese wenigen Worte schnellten den edlen Doctor in die Höhe.

„Langenmeyer?" rief er. „Was wünscht er?"

„Er wünscht das Buch, das Sie eben schreiben, in Verlag zu nehmen."

Doctor Anselmus schob eilfertig den Riegel zurück, öffnete handbreit und steckte sein freudiges Gesicht durch die Spalte, der gegenüber Heinrich stand.

„Was Sie sagen, ist wahr?" rief er.

„Ich habe", entgegnete Heinrich und griff in die Seitentasche seines Fracks, „Ihnen bereits den Contract zur Einsicht vorzulegen."

„Geben Sie", rief Doctor Anselmus, die hagere Rechte herausstreckend.

„Wollen Sie sich", bemerkte der Andere, „nicht gefälligst in das Zimmer bemühen?"

Der Gelehrte trat ein, hastig überflog er den für ihn in allen seinen Bedingungen glänzenden Contractentwurf; er wäre in seiner Freude dem Anbeter seiner Nichte fast um den Hals gefallen.

„Wie kommen Sie dazu?" fragte er endlich.

„Ich habe Ihnen schon gesagt, daß ich meiner Verhältnisse wegen die letzte Woche in der Hauptstadt war. Ich ging bei Langenmeyer vorbei und mir fiel ein, daß es Ihnen gewiß angenehm sein würde, für das

Buch, von dem mir Ihre Nichte gesagt hatte, Langen=
meyer zum Verleger zu haben."

„Gewiß, gewiß, mein sehnlichster Wunsch", fiel Doc=
tor Anselmus ein; „aber bitte, warum stehen Sie die
ganze Zeit? Wollen Sie nicht gefälligst Platz neh=
men?"

„Ich danke", lächelte Heinrich ironisch und fuhr
dann fort: „Ich trat also bei Langenmeyer ein, setzte
ihn von Ihrer Arbeit in Kenntniß und hatte das kaum
gethan, als er den Wunsch äußerte, den Verlag des
Buches, das dem Autor, der es geschrieben, wie der
Firma, unter deren Namen es erscheine, zur gleichen
Ehre gereichen werde, übernehmen zu können; da hatte
ich denn, was ich wollte, ohne nur gebeten zu haben;
ich sagte ihm noch, daß ich in diesen Tagen zu Ihnen
hierher reisen würde, und Langenmeyer glaubte nichts
Besseres thun zu können, als mir den Contractentwurf
hier mitzugeben, den er, wenn er Ihren Beifall
hat, Sie möglichst bald unterzeichnet zurückzuschicken
bittet."

„Ich werde sogleich unterzeichnen", rief Doctor An=
selmus und griff nach der Feder.

„Nur keine Uebereilung", bat Heinrich. „Sie wer=
den mir erlauben, nachdem mich Langenmeyer doch ein=
mal zu seinem Bevollmächtigten ernannt hat, in drei

Tagen wieder zu kommen, und es wird mich freuen, Sie dann noch in Ihrem Entschlusse fest zu sehen."

„Sie werden wiederkommen?" fragte Doctor An= selmus gedehnt.

„Ich bedaure, Ihnen nochmals lästig fallen zu müssen."

„Ich werde Ihnen den unterzeichneten Contract in das Haus schicken. Wo wohnen Sie?"

„Ich werde während der drei Tage über Land sein."

„Ich lasse den Contract bei Ihnen abgeben."

„Ich werde die Weisung hinterlassen, während mei= ner Abwesenheit nichts anzunehmen."

Doctor Anselmus biß sich auf die Lippen.

„Gut", sagte er dann, „ich werde also in drei Tagen das Vergnügen haben."

Zugleich machte er gegen Heinrich eine leichte Ver= beugung, wie wenn er ihm damit andeuten wolle, daß er sich jetzt empfehlen könne. Dieser aber ging unbe= fangen erst noch auf Dora zu, der er die Hand reichte.

„Adieu", sagte er, „auf Wiedersehen!"

Als sich Heinrich entfernt hatte, durchschritt Doc= tor Anselmus in freudiger Bewegung das Zimmer.

„Jetzt", rief er, „ist Alles recht, jetzt werde ich ar= beiten können, jetzt soll mich nichts mehr stören. O, ich wußte es schon, das, was mich immer zur Ver= zweiflung brachte, was mich in ewiger Spannung hielt,

was mich beständig krank und nervös sein ließ, war
nur der Zweifel, die innere Unruhe, der Unglaube.
Wie lange ist es nicht schon, daß ich durch kein Buch
mehr die Aufmerksamkeit auf mich zog! Mußte man
nicht das Feuer meines Geistes erloschen, die Quellen
meiner Schöpfungskraft versiegt, mein Talent zu Grunde
gegangen glauben? Quälten mich nicht schon im Traume
die schadenfrohen Gesichter meiner Feinde? Verfolgte
mich nicht schon das Hohngelächter des urtheilslosen Hau-
fens? Ja, mußte ich mich nicht schon halb vergessen
meinen? Mußte ich mich darum nicht mit bangen Zwei-
feln zermartern und im voraus schon über den Erfolg
des Buches abhärmen, das ich schreiben wollte? Nun aber
ist Alles gewonnen, ich bin geehrt, gesucht, nun will
ich ein Buch schreiben, das seinesgleichen nicht hat."

Nach einer Weile unterbrach er sich und sagte zu
Dora:

„Eigentlich ist es verdrießlich und unangenehm, daß
dieser Herr Heinrich mir eine solche Aufmerksamkeit erweisen zu müssen glaubte. Er wird meinen, mich dadurch verpflichtet zu haben. Er irrt sich — doch wir
werden ja sehen."

Nach dieser Abschweifung kehrte er wieder zu seinem Buche zurück, welches ihn so sehr beschäftigte und
seinen Geist so gefangen hielt, daß er selbst im Laufe

des Abends vollkommen vergaß, seiner Nichte gegen=
über auch nur ein Wort noch über Heinrich's Hei=
rathsantrag zu verlieren. Ja, es verging der erste
es verging der zweite, es kam der dritte Tag, und
Heinrich's wurde zwischen Onkel und Nichte mit keiner
Silbe erwähnt. Dafür arbeitete und schrieb Doctor
Anselmus ununterbrochen, und wenn er aufrichtig sein
wollte, so hatte er das gedeihliche Wachsen des Buches
sicher weniger dem Ziegelstein als dem darunter lie=
genden Contracte zuzuschreiben.

Am dritten Tage, pünktlich, wie er vorausgesagt,
erschien Heinrich und es war dem Doctor Anselmus
angenehm, seine Nichte im Nebenzimmer zu wissen.

„Hier ist der Contract", sagte er, Heinrich entgegen=
tretend.

„Schon unterzeichnet?"

„Schon unterzeichnet."

„Ich gratulire."

„Danke."

Doctor Anselmus schien keine große Lust zur Fort=
setzung des Gesprächs zu haben, Heinrich aber bezeigte
noch weniger Verlangen zu gehen. Er nahm gelassen
auf einem Stuhle Platz, den ihm Doctor Anselmus
diesmal nicht angeboten hatte, und sagte:

„Sie werden es begreiflich und verzeihlich finden,

wenn ich heute nochmals von einer Angelegenheit
spreche, die Ihnen zwar, so lebhaft ich das bedaure,
unlieb ist, von der ich aber das Wohl und Wehe meines
Lebens abhängig zu machen entschlossen bin. Sie wissen,
ich spreche von Ihrer Nichte Dora."

Doctor Anselmus wollte erst aufbrausen, aber er
hielt an sich und begriff die Nothwendigkeit, heute
höflicher aufzutreten als das letzte Mal. Er sagte:

„Ich beklage, daß Sie, wenn Sie auf diesem Thema
beharren, Anlaß zu einer Discussion geben, deren Schluß
nach keiner Seite hin ein erfreulicher sein kann. Ich
wiederhole Ihnen: Sie müssen darauf verzichten, Dora
von mir zu Ihrem Weibe zu erbitten."

„Aber um des Himmels Willen", rief Heinrich,
„was haben Sie denn gegen mich und meine Person?"

Doctor Anselmus zuckte ausweichend mit den Achseln.

„Daß ich", fuhr Heinrich fort, „die Absicht hatte,
Klostergeistlicher zu werden, kann Ihnen, Herr Doctor,
doch kein Stein des Anstoßes sein; daß mich eine hef=
tige Leidenschaft für Dora erfaßte, nachdem ich ihr Ge=
schlecht entdeckt, beweist, daß mein Entschluß, der Welt
zu entsagen, jugendlich unbedacht war; daß ich alsbald
den Vorsatz faßte, zu fliehen, werden Sie begreiflich
finden, ja, Sie würden als junger Mann, das Herz
von einer wahren, heißen Liebe durchglüht, auch nicht

anders gehandelt und gewiß nicht versucht haben, an ihr zu Grunde zu gehen oder sie mit dem Schnee mön= chischer Kasteiungen und Bußübungen zu ersticken. Oder tadeln Sie Alles das an mir?"

„Nein", machte Doctor Anselmus ungeduldig.

„Nun bin ich Arzt, habe Vermögen, bin selbstständig, genügt Ihnen Alles das nicht für die Zukunft Ihrer Nichte?"

„Ja, ja", meinte Doctor Anselmus zögernd.

„Und doch geben Sie Ihre Einwilligung nicht? Dora erwidert meine Liebe, wie Sie selbst wissen. Ich stehe Ihnen als Mann gegenüber; haben Sie das Recht, mir Ihre Nichte zu versagen, so haben Sie auch die Pflicht, mir den Grund davon kund zu geben."

„Gut", sagte der Gelehrte, von allen Seiten in die Enge getrieben und begreifend, daß er auf irgend eine Weise Stand halten müsse, „ich will Ihnen den Grund sagen: Ihr Vorleben gefällt mir nicht."

„Mein Vorleben?" wiederholte Heinrich erstaunt. „Mein Leben, bevor ich ins Kloster ging?"

„Es ist so. Sie haben Dora, die Sie damals noch für meinen Neffen hielten, gar mancherlei Dinge über Ihr früheres Leben in der Hauptstadt erzählt, und mag meine Nichte sich mit ihrem kindischen Sinn auch daran ergötzt haben, so kann doch ich wenig Gefallen daran finden, wenn ein junger Mann, der vom Ernste des Lebens eine Ahnung haben sollte, seine Zeit im Umgange mit Komödiantinnen tödtet."

„Mit Komödiantinnen!" rief Heinrich. „Sie werden mir doch unter diesen hervorragende Ausnahmen zugeben!"

„Gewiß", antwortete Doctor Anselmus lebhaft, „ich könnte Ihnen selbst Vieles und Schönes davon erzählen."

„Sehen Sie'"

„Aber Sie werden es auch begreiflich finden, daß ich, wenn ich von einer Komödiantin höre, nicht gleich an die Ausnahme denke, sondern zuerst an die Regel."

„O", fiel Heinrich ein, „wenn Sie meine Marion gekannt hätten —"

„Marion?" rief Doctor Anselmus, Heinrich's Arm ungestüm fassend. „Marion sagen Sie? Wer war das? Wer ist das?"

„Eine Schauspielerin am zweiten Theater der Hauptstadt", entgegnete Heinrich, befremdet über des Gelehrten Erregtheit.

„Wie sah sie aus?"

„Glauben Sie sie gekannt zu haben?"

„Nein, nein! Sagen Sie nur, wie sah sie aus? Sie hatte blonde Locken?"

„Gewiß, blonde Locken und blaue Augen."

„Blaue Augen?" rief Doctor Anselmus in steigender

11*

Erregung. „O ich kenne diese blauen Augen! Hat sie nie von ihrer Mutter erzählt?"

„O ja, ihre Mutter lebt gegenwärtig —"

„Sie lebt noch?" unterbrach Doctor Anselmus den Sprechenden.

„Sie lebt in Ungarn und war in ihrer Jugend Tänzerin an einem Wiener Theater. Ihr Mann, der Vater meiner Marion, lebt geschieden von ihr in Wien."

„Dann", sagte Doctor Anselmus, Heinrich wieder bei der Hand fassend und ihm warm ins Auge schauend, „ist es so, wie ich geahnt habe. Nun verzeihe ich Ihnen Alles, Sie haben ihre Tochter geliebt."

„Mein Gott", rief Heinrich, „sind Sie der junge Doctor, mit dem Marion's Mutter ein so glückliches, frohes Verhältniß hatte?"

„Hat sogar", fragte der Gelehrte wehmüthig entgegen, „noch ihre Tochter von mir erzählt? Ja, der bin ich."

Damit machte er, in Nachdenken und Rührung versunken, ein paar Gänge durch das Zimmer; dann bat er Heinrich, zu dem er plötzlich eine wahre Zuneigung gefaßt hatte, ihm doch recht viel von Marion zu erzählen, zu sagen, was er nur wisse, was ihm von Mutter oder Tochter nur bekannt sei, eine Bitte, der denn auch Heinrich mit solchem Eifer und solcher

Gewiſſenhaftigkeit nachkam, daß Dora, die ſchon längſt
hinter der Thür gelauſcht, nun nicht mehr an ſich halten
konnte, ſondern eiferſüchtig ſchmollend hervor auf Hein=
rich zuſprang, dem ſie neckiſch mit ihrer ſchmalen Hand
den Mund zuhielt.

„Das iſt abſcheulich“, rief ſie, „kein Wort mehr
ſollſt Du von der garſtigen Marion erzählen, ſonſt
liebſt Du mich nicht mehr.“

Doctor Anſelmus blickte verblüfft auf; er fand ſich
nicht gleich in die vertrauliche Art, die ſich Dora gegen
Heinrich erlaubte.

„Du haſt gelauſcht?“ fragte er.

„Ja“, lachte Dora, „aber nicht das geringſte Neue
gehört.“

Der Gelehrte ſah zu Heinrich hinüber, wie wenn
ihm dieſer ſagen ſolle, was er von ſolch einem Mäd=
chen halte.

Heinrich aber hatte mit leichter Mühe Dora’s Hand
von ſeinem Munde genommen und ſagte nun, dieſe
feſthaltend und Dora unverwandt mit glücklichem Lä=
cheln anſehend:

„Sie haben viel Plage mit Ihrer Nichte.“

„Ich möchte ſie Niemand gönnen“, ſeufzte Doctor
Anſelmus.

„Auch mir nicht?“ fiel Heinrich vom Stuhl auf=

springend ein. „Sie sagten vorhin, Sie hätten mir verziehen, lassen Sie es zur Wahrheit werden, geben Sie mir Ihre Nichte."

Während Heinrich diese Worte lebhaft sprach, hatte sich Dora wider allen Anstand und alle Sitte und doch das Haupt verlegen zu Boden gesenkt an ihn geschmiegt und den einen Arm gebogen auf seine Schulter gelegt, wie wenn sie mit der Hand ihre erröthende Stirn verbergen wolle.

Doctor Anselmus aber deutete auf sie und sagte mit jenem trockenen Tone, der ihm eigen sein konnte:

„Was will ich denn thun? Sie haben sie ja schon."

Viel Glück und viel Segen war mit diesen Worten in dem Hause des Doctor Anselmus eingekehrt, und dieser selbst fühlte sich wieder jung angesichts der holden, reinen Liebe, deren Blüten er täglich froher und prangender sich entfalten sah. Heinrich gewann er immer lieber und es ward ihm zur Nothwendigkeit, ihn jeden Tag einige Stunden um sich zu haben, ein Bedürfniß, das den beiden Liebenden allein zu statten kam. Er erfreute sich an dem muntern Geschwätz und an den Neckereien der Beiden, hörte gern zu, lachte und scherzte mit ihnen und gestattete sogar, daß beide leise plaudernd auf dem Balkon saßen, während er im Altanzimmer arbeitete. Nach solcher Weise war es denn kaum übertrieben, wenn er öfter zu Dora und ihrem Geliebten sagte:

„Kinder, ich kenne mich selbst nicht mehr."

Und so mußte es denn zuletzt auch kommen, daß er eines schönen Tages die erfreuliche Mittheilung machte, wie seine Erzählung bereits im Laufe des Abends einem erfreulichen Schluß werde zugeführt werden. Am nächsten Tage sollte dann dem Buche zu Ehren eine Flasche Wein den Frühstückstisch schmücken und das Manuscript an Heinrich ausgeliefert werden.

Der festliche Moment war gekommen, das Manuscript war übergeben und man hatte das erste Glas auf eine glückliche Reise des Buches im literarischen Deutschland getrunken, als sich Heinrich nochmals erhob und zu Doctor Anselmus gewendet sagte:

„Und nun gestatten Sie mir noch eine kleine Ueberraschung, die ich für diesen Tag mir vorbehalten habe."

Damit klopfte er an sein Glas, die Thür öffnete sich und zwei Männer schleppten eine große flache Holzkiste herein.

Man schlug sie aus einander, Heinrich stellte die Kiste aufrecht an die Wand, zog den Deckel weg und weidete sich an der sprachlosen Ueberraschung des Gelehrten.

Die Kiste enthielt nichts Geringeres als das Bild der schönen Italienerin, das Bild Siboniens.

Lange, lange konnte sich Doctor Anselmus von dem Anblicke nicht trennen; endlich reichte er Heinrich die Hand und sagte:

„Wie danke ich Ihnen, Freund, für die Freude, die Sie mir bereitet. Aber wie haben Sie das möglich gemacht?"

„Ich glaube Ihnen gesagt zu haben", entgegnete der Gefragte, „daß ich dem Kloster bei der Uebernahme meines Vermögens ein ziemlich bedeutendes Legat zugewandt habe, um für mein Verschwinden eher Verzeihung zu erhalten, zugleich jedoch bat ich um die Erlaubniß, mir das Portrait Siboniens hier copiren lassen zu dürfen. Sie kennen die Liebenswürdigkeit des Pater Guardian; er glaubte mir das Original anbieten zu müssen, das im Kloster doch keine Beachtung finde, und bat sich nur die Copie aus, welche dann die Stelle des Originals ausfüllen solle, ein Vorschlag, auf den ich mit Vergnügen eingehen konnte."

„Nochmals, ich danke Ihnen, lieber Freund", sagte Doctor Anselmus, wieder vor das Gemälde tretend, „das Bild soll zu Hause seinen Ehrenplatz über meinem Schreibtische haben."

Wie aber Dora ihren Oheim so in stiller Bewun-

derung vor dem Bilde stehen sah und an das Ereigniß
im Corridor des Klosters dachte, lachte sie und sagte:

„Onkelchen, verzeih mir's, Du bist doch ein wunder=
licher Mann."

Doctor Anselmus aber drehte sich auf dem Absatze
um und sagte:

„Meinst Du? Weil ich mit meinen Eigenthümlich=
keiten, meinen Launen, meinen Ideen, meinen Ansichten
mehr herausrücke und weniger hinter dem Berge halte
als Ihr, die Ihr nicht den Muth dazu habt und Euch
nur das zu sagen getraut, was außer Euch tausend
Andere auch sagen könnten, und das Andere verschweigt?
Ein Jeder von uns allen, wie wir nur geboren werden,
bringt seinen besondern Sparren mit auf die Welt.
Man muß nur die Augen haben, einem Jeden den
seinigen abzusehen. Glaubt mir, es ist nicht noth=
wendig, dem Originale nachzulaufen und ihm auf
Seitenwegen nachzuspähen. Man findet es, wenn man
den Blick dazu hat, überall auf der Heerstraße zu
jeder Stunde. Nur Ihr, die Ihr nicht immer Acht
und die Ihr von Eurem eigenen Sparren keine Ahnung
habt, nennt es dann, weil es sich von dem Gewohnten
der Masse unterscheidet, absonderlich und verdreht.
Gut, aber Heinrich's Mutter, die, weil ihrem ältern
Sohne auf wunderbare Weise das Leben gerettet worden

ift, ihr jüngeres Kind der Kirche verfchreibt; Hein=
rich, der, weil er ein erftes Glück verloren hat, kein
zweites mehr hoffen zu dürfen glaubt und ins Klofter
geht; Doctor Breitfam, der Handfchuhe verkauft und
Theaterrecenfionen fchreibt; die geniale Marion, die
nicht heirathen will, weil fie dann nicht mehr lieben
kann; Dora, die fich übermüthig in die Behaufung
der Mönche wagt und dort unbekümmert um ihren Oheim
und ihr eigenes Gefchick Liebeshändel anfpinnt; ich
endlich felbft — find wir nicht alle wunderliche Leute?"

Ende.

Druck von Bär & Hermann in Leipzig.

Papier von Julius Lange in Jeßnitz bei Deffau.